Morde mit "VX"

Teil 2/3 - Remagen

© Kersten Wächtler

AF236144

1

Rhein-Sieg-Kreis Krimi

Morde mit "VX"

Teil 2/3 - Remagen

*Der **11.** Fall der Kommissarin Thekla Sommer*

© **Kersten Wächtler**

www.rsk-krimi.de

Bibliografische Information der Deutschen Nationalbibliothek:

Die Deutsche Nationalbibliothek verzeichnet diese Publikation in der Deutschen Nationalbibliografie; detaillierte Daten sind im Internet über

http://dnb.dnb.de

abrufbar

1.Auflage

Erschienen 10 /2020

Copyright © 2020 Kersten Wächtler

Coverbild: Klaus Stahl

Herstellung und Verlag: BoD – Books on Demand, Norderstedt

ISBN: 9783752625479

Alle Personen und Tathergänge sind frei erfunden.

Ähnlichkeiten mit lebenden oder toten Personen sind rein zufällig

Nachdem alle gegangen waren und Thekla mit Robert noch einmal die Notizen am Whiteboard, das zum besseren Überblick der Ermittlungsübersicht angeschafft wurde, notiert waren, räumte auch Thekla ihre Unterlagen zusammen und verließ mit Robert den Besprechungsraum. Nach einem kurzen Abstecher in ihr Büro, machten sich die Beiden auf den Weg in den Feierabend. Noch im Flur der Etage, in der sich ihr Büro befand, kam ihnen Alfred Bollenkamp winkend entgegen.

»Gut, dass Ihr noch hier seid«, sagte er bereits, als er noch einige Meter von den Beiden entfernt war, »ich muss dringend mit Euch sprechen«.

»Hier auf dem Flur? Oder sollen wir in mein Büro?«, fragte Thekla.

»Besser im Büro, es ist vertraulich«, meinte Fred.

Thekla machte kehrt, holte den Büroschlüssel aus der Handtasche und ging mit dem Schlüssel in der Hand, die drei Meter zurück zu ihrem Büro.

»Soll ich draußen bleiben«, fragte Robert eher rhetorisch, da er davon ausging, dass Beide es verneinen würden.

»Tja, vielleicht…« meinte Fred und stutzte, als er Thekla ansah.

Diese sah ihren Vorgesetzten mit großen Augen und fragendem Blick an. Ihre Mimik verriet ihm, dass Thekla so gar nicht für eine Ausgrenzung ihres Lebensgefährten war.

»Ach, was soll´s«, beendete Fred Bollenkamp den Satz, »Ihr seid ja zusammen und alle aus dem Team werden es sowieso bald erfahren. Robert komm mit rein«, dabei schlug er Robert, wie es Freunde tun auf die Schulter. Dieser "Schulterschlag" verunsicherte nicht nur Robert, auch Thekla war sehr erstaunt, da

Fred im Dienst normalerweise solche Vertrautheiten unterließ.

Thekla setzte sich in ihren gefederten Bürostuhl und ließ sich beim Anlehnen ein wenig nach hinten gleiten. Fred setzte sich in einen der lederbezogenen Stühle vor den Schreibtisch, während Robert es vorzog, sich mit der linken Pobacke auf die rechte Seite des Schreibtisches zu platzieren. Dies quittierte Fred Bollenkamp mit einem unbequemen Blick, was Thekla nicht entging.

»Setz Dich doch bitte neben Fred auf den Stuhl. Ich glaube, das was Fred uns zu sagen hat, wird länger dauern«, rettete Thekla die Situation.

Mit einem tiefen Seufzer stand Robert auf, ging hinten um Fred herum und zog den Stuhl zurecht, bevor er sich daraufsetzte. Thekla musste plötzlich ganz kräftig gähnen, was ihr sichtlich unangenehm war, da sie sofort den offenen Mund mit der Hand verdeckte und sich mit: »Oh, sorry, war ein langer Tag«, entschuldigte.

Fred Bollenkamp nickte, meinte aber:

»Ich glaube, der Tag ist für Euch noch nicht zu Ende«. Dabei legte er eine geschlossene Akte auf den Schreibtisch, die er nun aufschlug. »Ich habe hier eine Verschlusssache des BKA bekommen. Es sieht so aus, als meinten die es jetzt ernst mit Dir, beziehungsweise Deiner Berufung in deren Sonderermittlertruppe. Sie teilten mir mit, dass sie Dich, obwohl Du mit dem Bruch Deines linken Ellenbogens zurzeit eigentlich dienstunfähig bist, mit sofortiger Wirkung in die Dienste des BKA aufnehmen werden. Allerdings werden sie Dich nur so einsetzen, wie dies auch von vornherein in den Ausschreibungen bereits erwähnt war, nämlich für spezielle Anforderungen, wenn die Truppe der BKA-Kollegen anderweitig gebunden ist oder wenn es sich um Angelegenheiten des BKA handelt. Vor allem wird es um Ermittlungen gehen, die aus Sicht des

BKA, von ihren ortsansässigen Leuten, in diesem Fall von Dir, besser erledigt werden können«.

Thekla hörte mit großen leuchtenden Augen zu.

»Heißt das, ...? «

Bollenkamp nickte zustimmend. »Ich habe hier die schriftliche Anweisung vor mir liegen, Dich und Dein Team, wenn es das BKA wünscht, von laufenden Ermittlungen freizustellen und Dich, ich zitiere: "in eigener Regie und Planung, den vom BKA übertragenen Fall, zu organisieren, koordinieren und durchführen zu lassen". Gratuliere Thekla, - Du hast es geschafft«.

Vor freudiger Erregung sprang Thekla aus ihrem Bürosessel hoch, lief um den Schreibtisch und fiel Robert mit ausgebreiteten Armen um den Hals. Dabei verdrehte sie allerdings unvorsichtig ihren linken Arm, dessen Orthese eigentlich dafür dienen sollte, diese Bewegungen zu unterlassen. Ein stechender Schmerz des

Armes war die Quittung für diese unbedachte Handlung. Thekla hätte vor Schmerz schreien können, verkniff es sich jedoch in Anwesenheit des Vorgesetzten.

»Wieso steht da, dass Du "Thekla und ihr Team" von den laufenden Ermittlungen zu befreien hast? Thekla´s Bewerbung auf die Ausschreibung hin, bezog sich doch auf Thekla alleine? «

»Das dachte ich auch anfänglich, als ich Thekla nach Absprache mit dem hiesigen Polizeidirektor für die Ausschreibung des BKA vorschlug. Anscheinend hat aber das Innenministerium dem BKA nahegelegt, den jeweiligen Sonderermittlern, deren eingespieltes Team zur Seite zu stellen. Somit wären jeweils Leute beisammen, die bereits seit Jahren zusammenarbeiten und man eine Teamfindungsphase einer neuen Mannschaft umgehen könne. Gerade auch im Hinblick dazu, dass ein Einsatz der Sondereinheit "SK32" nur bei besonderen Einsätzen, wie anfangs bereits erwähnt, zum Einsatz kommt.

»Ich würde also immer mit den Leuten meines
Teams gemeinsam ermitteln? Das wird ja immer besser.
Komm Robert«, Thekla nahm Robert freudig an die
Hand, »das gehen wir mit einem guten Rotwein feiern«

»Daraus wird wohl leider nichts werden«. Fred Bollenkamp setzte sich nun wieder dicht vor den Schreibtisch, von dem er sich bei seinen Ausführungen etwas
mit seinem Stuhl entfernt hatte. Er zog die offenlie-
gende Akte zu sich heran und wurde mit seinem Tonfall
wieder ernster. »Setzt Euch bitte wieder hin«, bat er die
Beiden.

Als die ursprünglichen Plätze wieder eingenommen
waren, fuhr er mit seinem Vortrag fort:

»Bevor ich jetzt zum ernsteren Teil des Gespräches
komme, weshalb ich diese Unterlagen soeben gefaxt
bekam«, er deutete auf die Akte, »steht hier auch, dass
Du, Thekla, mit Aufnahme der Tätigkeit in der Sonderermittlertruppe als ab sofort in den Dienstgrad einer

13

Hauptkommissarin berufen wirst. Dis ist zwar im normalen Aufstiegsgrad sehr ungewöhnlich aber das BKA sieht in diesen speziellen Fällen einige Besonderheiten, die mich aber nichts angehen. Du Robert«, er blickte zu Robert »und der Kollege Peter Ludwig, werden zu Oberkommissaren berufen, sofern Ihr in Thekla 's Ermittlerteam bleiben wollt, was Euch natürlich freisteht. Die Kollegin Lisa Ludwig wird, da sie erst kurz von einer Kommissar Anwärterin zur Kommissarin ernannt wurde, nach Ablauf eines Jahres, in den Stand einer Oberkommissarin wechseln. Das alles aber, wie bereits gesagt, wenn das Team um Dich Thekla, bestehen bleibt«. Alfred Bollenkamp schüttelte erneut den Kopf. »Also diese Dienstbeförderungen müssen mit der Berufung ins Sonderteam zu tun haben, anders kann ich mir das nicht erklären«. Lächelnd fügte er in Richtung Thekla hinzu: »Du hast jetzt fast die gleiche Dienststufe wie ich, als »Erster Hauptkommissar"«

Thekla schien etwas verlegen zu werden und senkte den Blick.

»Nun ja, also es geht hier um folgendes: Das BKA möchte, dass Du zu dem Fall in Troisdorf noch einen Fall in Remagen übernimmst. Dort ist gestern Nachmittag auf der belebten Rheinpromenade, Oberstaatsanwalt Rainer Hartung um 's Leben gekommen. Herr Hartung war Oberstaatsanwalt der Staatsanwaltschaft in Koblenz, wohnte aber in Bad Neuenahr-Ahrweiler. Das BKA hat den Fall an sich gezogen und nun Dir zugeordnet, da bei der Obduktion Partikel des Nervengiftes "VX" im Nasenraum des Opfers festgestellt wurde«.

»Schon wieder "VX"? «, fragte Robert, »das ist aber ungewöhnlich. Jahrzehnte hörte man nichts von diesem Gift und nun zweimal hintereinander«.

Thekla schaute mit gekräuselter Stirn und halb zugekniffenen Augen zu Robert.

»Hab' ich schon wieder was Verkehrtes gesagt? « fragte sich dieser, war aber sofort still.

»Genau deshalb erfolgte wohl die Zuordnung an Thekla, da die Troisdorfer Toten ebenfalls auf diese Weise um 's Leben kamen. Hier Thekla«, Bollenkamp schob einen Teil der Akte zu Thekla, »sind die bisherigen Ermittlungsergebnisse der Polizeidienststelle Remagen und der Mordkommission Bad Neuenahr, die bis jetzt dafür zuständig waren. Am besten, Du arbeitest das durch und setzt Dich dann mit den Kollegen vor Ort, zwecks der bisherigen Ermittlungen in Verbindung«.

Alfred schaute Thekla nun an, merkte aber sofort, dass er ihr eine Anweisung gegeben hatte. Er hob immer noch sitzend beide Hände nach oben und meinte, »Oh, Entschuldigung, - das war jetzt keine Anweisung. Die darf ich Dir ja nicht geben, wenn Du in einem BKA -Fall tätig bist«.

Thekla merkte, dass es Alfred Bollenkamp, der ja im Siegburger Präsidium auch weiterhin ihr Vorgesetzter sein würde, unangenehm war, dass er sich entschuldigend gerechtfertigt hatte. Schmunzelnd und mit fröhlichem Unterton, meinte sie: »Aber für richtungsführende Hinweise war ich Dir doch schon immer dankbar. Daran wird sich auch in Zukunft nichts ändern«. Sie merkte, dass sie die prekäre Situation angenehm gemeistert hatte, denn Fred schaute sie nun mit erhellter Miene an und meinte, als er aufstand:

»Das freut mich zu hören, also dann - viel Erfolg«. Er drehte sich um und verließ den Raum.

»Mein Gott Thekla,-herzlichen Glückwunsch«, Robert stand mitten im Raum und rieb sich breit grinsend die Hände. Das ist doch erst recht ein Grund jetzt anzustoßen. Komm, wir gehen in den Weinkeller«.

»Robert, es ist zwar wunderbar, dass das BKA mich nun doch als Ermittlerin genommen hat und wir einige Gehaltsstufen nach oben gewandert sind, - aber umsonst ist das alles bestimmt nicht. Wir werden nun noch intensiver und vor allem, teilweise auch im Hintergrund unsere Ermittlungen durchführen. Wir werden in diesem Fall auch sofort damit anfangen. Feiern können wir, nachdem die Fälle gelöst sind, immer noch«.

Robert schaute traurig, »Wie jetzt? Du willst Dich nicht mit mir darüber freuen, dass wir uns jetzt finanziell mehr leisten können? «, fragte er. »Außerdem, schau mal auf die Uhr, wir haben Feierabend und ich bin echt hungrig und will wenigstens noch bei Fritten Paul in Kaldauen vorbei«.

»Daraus wird nichts, wir fahren jetzt nach Bad Neuenahr zu den Kollegen der Mordkommission. Die sollen mich auf den aktuellen Stand bringen«.

»Thekla«, protestierte Robert, »es sind gleich acht Uhr. Die Kollegen haben schon längst Feierabend. Die können uns auch morgen früh noch auf den Stand der Dinge bringen«.

Thekla schaute auf die Uhr. »Du hast recht«, sagte sie nach kurzer Überlegung, »aber ich will mir wenigstens schon einmal einen Eindruck vom Tatort verschaffen. Während Du nach Remagen fährst, kann ich mir auf dem Beifahrersitz schon mal die bisherige Akte durchlesen und mich ein wenig einarbeiten«.

»Aber Thekla«, nörgelte Robert, der sich, wenn auch nicht auf einen gemeinsamen Wein, so doch auf ein kühles Warsteiner Pils zu Hause auf der Couch gefreut hatte, »ich habe auch Hunger«.

Thekla stand vom Schreibtisch auf, nahm die Akte und ihre Handtasche, ging zur Türe und löschte das Licht, nachdem sie die Türe geöffnet hatte.

»Dann kannst Du Dir an der Tankstelle an der Bonner Straße noch ein paar Brötchen holen. Die sind zwar nicht mehr frisch, stillen aber bestimmt den Hunger. Mir kannst Du dann eine Flasche Wasser mitbringen«, schmunzelte sie.

Robert ließ die Schultern nach vorne sinken und trottete hinter Thekla her, den Flur entlang zum Aufzug.

»Das kann ja heiter werden, - jetzt wo sie nicht nur meine Vorgesetzte Dienstgruppenleiterin, sondern auch noch offiziell meine höhergestufte Vorgesetzte ist«, dachte er sich.

*

Er war mit seinem Wohnmobil am Campingplatz im Simrockweg ganz in der Nähe von Remagen in Fahrtrichtung Bad Breisig und direkt am Rhein gelegen, angekommen.

»Hier ist ein Dauercampingplatz, ein Saisonplatz und wir haben etwa einhundert Plätze für spontane Besucher, wovon die meisten, jetzt in der Vorsaison umgebaut und erneuert werden. Tut mir echt leid für Sie aber wir sind voll«, sagte die junge Frau an der Einfahrtschranke zum Gelände.

»Aber ich will nur zwei Tage bleiben«, meinte Jan de Falk, der versuchte, mit aufgesetzter Freundlichkeit doch noch sein Ziel zu erreichen, einen Platz zu bekommen.

»Sorry, tut mir leid, Anweisung vom Chef. Ich darf außer den festen Mietern der Plätze, niemanden mehr auf den Platz lassen«.

Zerknirscht fuhr Jan das, eigens für diesen Auftrag angemietete, Fahrzeug weiter. Er war über einen der zahlreichen Messenger Dienste im Internet kontaktiert und für einen Auftrag angeheuert worden. Jan stellte das Gefährt etwa einhundert Meter weiter auf einen Wanderparkplatz ab, in der Hoffnung, während der zwei Tage nicht kontrolliert zu werden. In diesem Fahrzeug saßen sie sich nun, zwei Tage nachdem er das Fahrzeug geparkt hatte, gegenüber. Es wurde draußen dämmerig, aber Jan de Falk wollte kein Licht in dem Wohnmobil anmachen, um nicht von Weitem als "Wildparker" erkannt zu werden. Er zündete eine Kerze an

und stellte diese zwischen sich und seinen Auftragge-
ber, der zusammen mit ihm am gestrigen Tag, den Auftrag ausgeführt hatte.

»So mein Herr, kommen wir nun zum angenehmen
Teil unserer Abmachung. Ich hatte das Gift in der kleinen Schnupftabakdose des Mannes platziert, an dessen
Tisch wir uns auf der Rheinpromenade gesetzt hatten.
Ich weiß zwar immer noch nicht, warum ich das farb-
lose Pulver nicht berühren und es unter großer Vorsicht
mit einer Pinzette dort platzieren sollte, aber es ist ja alles gut gegangen«.

Der Mann, der Jan gegenübersaß, schaute sich in
dem gemieteten Camper um. Er war das erste Mal hier
drin. Vorgestern hatte er Jan vor dem Wohnmobil be-
grüßt, als er mit seinem Siebener BMW an den vereinbarten Treffpunkt hier am Rhein, ankam. Gestern dann
am Tattag hatte er Jan dann hier, ebenfalls vor dem
Wohnmobil abgeholt und nun saßen sie sich hier gegenüber. Er hatte einen Aktenkoffer neben sich stehen, in

dem, so hoffte Jan de Falk, die vereinbarten zehntau-
send Euro waren, die für den Auftrag geboten waren.
Jan war es gewohnt, für andere die Drecksarbeit zu er-
ledigen, denn schon öfter musste er Dinge tun, die andere nicht machen wollten.

»Können wir denn jetzt zur Geldübergabe kommen?
Ich wollte eigentlich gleich wieder in Richtung Heimat
starten. Der Campingwagen muss morgen früh wieder
abgegeben werden«, er lächelte den chinesischen Auf-
traggeber an. Dieser nickte in seiner stets freundlich
wirkenden Art, hob den neben ihm stehenden Koffer
hoch und stellte ihn auf seine Oberschenkel zwischen
seinem Oberkörper und der Tischplatte. Er öffnete die
beiden Schnappverschlüsse, mit der linken und rechten
Hand. Der Koffer sprang auf und gab einen Spaltbreit
die Sicht von oben her, in das Innere frei. Der Mann im
hellgrauen Seidenanzug griff mit der rechten Hand in
den Koffer und zog diese, nachdem er etwas gegriffen
hatte, wieder heraus. Jan van de Falk hatte gar nicht
richtig die Gelegenheit, die Handfeuerwaffe mit dem

aufgesetzten Schalldämpfer wahrzunehmen. Es zischte zweimal ganz kurz hintereinander und Jan wurde von zwei Kugeln getroffen. Die eine, mitten in die Stirn, wo sie am Schädelknochen stecken blieb, die andere trat ins linke Auge ein und am Hinterkopf wieder aus, wo sie ein drei Zentimeter breites Loch hinterließ, aus dem Blut spritzte und die Einbauschränke des neuen Wohnmobils in ein rotes Muster tauchte. Der Täter steckte die Waffe wieder ein, stand auf, wischte die Bierflasche, aus der er vorher getrunken hatte fein säuberlich ab und verließ das Innere des Campers. Danach schloss er die Türe von außen ab. Er wollte Vorsprung haben, bevor die Tat entdeckt würde.

*

Auf der Fahrt nach Remagen hatte Thekla die Orthese, die die Bewegungsfreiheit des linken Arms einschränken sollte, um eine Überlastung des Ellenbogens zu vermeiden, abgelegt. Die Bewegungseinschränkung

störte zu sehr in dem kleinen Twingo, auf dessen Beifahrersitz sie die bisherige Akte des Falles durcharbei-
ten wollte.

»Gut, dass hier so einfach zu bedienende Klettver-
schlüsse angebracht sind, die ein Abnehmen des komi-
schen Gerätes leicht ermöglichen«, sagte sie, als sie die
bewegliche Armschiene auf den Rücksitz warf.

»Was meinst Du wohl«, fragte Robert, der genüss-
lich ins zweite Wurstbrötchen biss, dass er an der Tankstelle geholt hatte, »warum die Dir im Krankenhaus die
Orthese angelegt hatten, nachdem der Gips entfernt
wurde? Bestimmt nicht aus Spaß«.

»Aber der Arm und auch das Gelenk schmerzen
nicht mehr. Lediglich wenn ich den Arm im Gelenk be-
wege, ungefähr so…«, Thekla versuchte den Unterarm
zu drehen, wobei sie den Oberarm nicht mitdrehte.
»Au, verdammt«, dachte sie, »das tut noch höllisch
weh«. Sie verkniff sich aber, es zuzugeben. Robert

hätte ansonsten darauf bestanden, dass Thekla dieses sperrige Teil wieder angezogen hätte.

Gegen zwanzig Uhr fünfundvierzig kamen sie in Remagen an. Robert parkte den Twingo direkt am Rheinufer, neben der abgesperrten Rheinpromenade. Hier waren einige Hotels, Restaurants und Eisdielen ansässig. Genau richtig für die Hunderte von Besuchern, die es täglich an diesen schönen Platz zog. Von hier hat man einen wunderschönen Blick auf den nur wenige Meter entfernten Rhein, der sich in einem dort verlaufenden Bogen von Koblenz kommend in Richtung Bonn durch das Rheintal, welches die Ausläufer des Westerwaldes von den Ausläufern der Eifel trennt. An einem der Schiffsanleger hatte eines der Ausflugsschiffe der Köln-Düsseldorfer Flotte, festgemacht und nahm Gäste auf, die die letzte Fahrt an diesem Tag in Richtung Koblenz und dann zurück nach Köln, genießen wollten.

»Schau mal«, meinte Thekla, »dort drüben ist eine Bedienung. Lass uns nachfragen, ob sie uns Auskunft geben kann, wo gestern der Mord geschah«. Sie ging ohne eine Antwort abzuwarten zielstrebig in Richtung des Außenbereichs eines Restaurants. Dabei schlängelte sie sich durch die aufgestellten Tische und Stühle, wobei eine Abtrennung, was zu welchem Restaurant gehört, im Dämmerlicht nur schwer erkennbar war.

»Entschuldigung«, rief sie der Bedienung zu, die gerade eine Bestellung zweier Gäste entgegengenommen hatte und sich wieder ins Restaurant begeben wollte. Thekla winkte zu der Frau herüber. Als sie sie erreicht hatte, sprach sie weiter: »Kriminalpolizei, mein Name ist Sommer und das«, Thekla zeigte auf Robert, der sich immer noch einen Weg durch die zahlreichen Stühle bahnte, »ist mein Kollege Hanf. Können Sie uns Auskunft darüber geben, wo hier gestern ein Todesfall geschehen sein soll? «

Die junge Frau schaute Thekla verständnislos an.
»Todesfall? « fragte sie, »ich weiß nichts von einem
Toten. Moment mal, - ich schicke Ihnen meinen Chef«.
Nach diesen Worten ging sie schnell ins Restaurant, um
die Bestellung abzugeben und dem Inhaber Bescheid zu
geben. Mit einem hellbeigen Leinensakko zu einer lind-
grünen Hose und einem pinkfarbenen Hemd gekleidet,
kam ein übertrieben lächelnder, Anfang Fünfzig wir-
kender Mann aus dem Gastronomiebetrieb.

»Sind Sie die Kommissarin? « fragte er und streckte
Thekla die Hand entgegen. Danach begrüßte er auch
Robert mit Handschlag. »Was kann ich für Sie tun?
Meine Angestellte sagte, Sie hätten nach dem Todesfall
gefragt? «

»Ja richtig, wir sind von einer anderen Dienststelle,
als die gestrigen Kollegen. Können Sie uns etwas zu
dem Fall sagen? Wissen Sie, wo sich der Tod ereignete?
«

»Aber natürlich, Herr Hartung hatte bei uns gegessen. Ich hatte ihn persönlich bedient und kassiert. Danach hatte er sich noch dort vorne«, der Mann zeigte auf eine Bank etwas abseits von den Gästetischen, »direkt an dem Geländer einer Schiffsanlegestelle hingesetzt und die Sonne genossen«.

Thekla fragte ganz erstaunt: »Sie kannten den Toten namentlich? «

»Aber natürlich. Viele der hier im Umfeld Lebenden, schätzen diesen gemütlichen Ort und das gute Essen bei uns. Herr Hartung kam zweimal in der Woche zu uns, um bei uns zu speisen. Er war, so glaube ich, bei Gericht in Koblenz tätig und wohnte in Bad Neuenahr«.

»Bei der Staatsanwaltschaft in Koblenz«, berichtigte Robert.

»War Ihnen denn gestern irgendetwas besonderes aufgefallen? fragte Thekla, nachdem sie Robert einen finsteren Blick zugeworfen hatte. Sie mochte es nicht, wenn man einen Zeugen besserwisserisch unterbrach, der gerade im Redefluss war.

»War irgendwas anders als sonst? « fragte Thekla noch einmal.

»Eigentlich nicht, außer, - als ich den Espresso brachte, den er immer nach dem Essen nahm, saßen noch zwei andere Herren mit am Tisch, obwohl dort hinten noch zwei Tische frei waren. Sie unterhielten sich jedoch angeregt mit Herrn Hartung, so dass ich dachte, es seien Bekannte von ihm. Hinterher, als Herr Hartung dann auf der Bank saß und kurz bevor er dann zusammenbrach, waren die Männer nicht mehr da«.

»Herr Hartung brach zusammen? «, fragte Robert jetzt nach.

»Ja, - mir wurde erzählt, dass Herr Hartung von der Bank aufgesprungen sei und heftig nach Luft gerungen hätte, bevor er dort am Geländer zusammengebrochen sei. Der herbeigerufene Notarzt, vom Krankenhaus hier in Remagen, war etwa zwei Minuten nach dem Notruf hier. Ihre Kollegen von der hiesigen Polizeiwache kamen dann auch kurze Zeit später. Die sperrten hier alles großräumig ab. Wir mussten sogar unsere Küche inspizieren lassen und von jedem Essen eine Probe abgeben. Als wenn wir…«, der Mann fuchtelte wild mit den Armen in der Luft, »… irgendetwas mit dem Tod des Mannes zu tun hätten? «

»War da noch irgendetwas auf dem Tisch? Vielleicht eine E-Zigarette oder ein Fläschchen mit Liquid? « fragte Thekla.

»Nein, so etwas wäre mit aufgefallen, da Herr Hartung Nichtraucher war. Das einzige, was immer auf seinem Tisch lag, war eine Dose mit Schnupftabak. Er erzählte mir mal, das hätte er in einem seiner Urlaube im Allgäu kennengelernt und beibehalten. Er liebte es, nach dem Essen eine gute Prise davon durch die Nase einzuziehen«, lächelte der Restaurantbesitzer.

»Und die beiden Männer, die hier mit am Tisch saßen, wissen Sie noch wie die aussahen? «

»Frau Kommissarin, wir haben hier an guten Tagen
mehrere hundert Gäste. Da kann man sich wirklich
nicht jede Einzelheit merken, nur in diesem Falle
dachte ich noch, ob die an der Staatsanwaltschaft auch
mit chinesischen Kollegen zusammenarbeiten würden?
«

»Chinesischen Kollegen? « fragte Robert nach.

»Ja, - der eine Mann schien chinesischer Nationalität
zu sein. Er trug so einen schicken, hellen Seidenanzug.
Der passte gut zu seinem schwarzen kurzen Haar-
schnitt. Deshalb ist er mir in Erinnerung geblieben. Wie
Sie sehen, versuche ich mich auch elegant zu kleiden«.

»Dann versuche es nicht nur, sondern lass Dich doch
mal beraten«, dachte Robert, als er sich die Farbzusam-
menstellung noch einmal ansah, die der Mann trug.

»Okay«, meinte Thekla, »vielen Dank für Ihre Hilfe. Das war es fürs Erste«.

»Mögen Sie nicht noch schnell etwas aus meiner Küche speisen? «

Robert sah schon Sauerbraten mit Klößen oder Käsespätzle mit Rostbratwürsten vor seinem geistigen Auge, aber er hörte Thekla sagen:

»Nein Danke, es ist spät geworden und wir haben noch einen langen Weg vor uns. Trotzdem, danke für das Angebot. Wir werden gewiss einmal Gäste von Ihnen«.

Robert ließ wieder die Schultern nach vorne sinken. Sie verabschiedeten sich von dem freundlichen Inhaber des Restaurants und gingen zum Wagen zurück.

»Wieso ist eigentlich hier immer so viel los? « fragte Robert. »Es gibt doch viele schöne Stellen hier am Rhein«.

»Aber hier stand die berühmte "Ludendorff-Brücke", besser bekannt als "die Brücke von Remagen". Sie verband Erpel am gegenüberliegenden Ufer mit Remagen und war eine zweispurige Eisenbahnbrücke. Die Brücke sollte gegen Kriegsende des zweiten Weltkrieges gesprengt werden, um das Nachrücken der Feinde zu unterbinden. Damals wurde aber anstelle der berechneten sechshundert Kilogramm Sprengstoff, nur die Hälfte benutzt. Deshalb wurde die Brücke nicht zerstört, sondern nur ein wenig aus der Verankerung gehoben. Von Koblenz bis Bonn gab es keine andere Brücke über den Rhein. Was bis heute noch so ist. Im März 1945 stürzte die Brücke wegen Überlastung ein und wurde nie wieder aufgebaut. In den Brückentürmen, hier auf der Remagener Seite, wurde 1980 ein Friedensmuseum eröffnet. Siehst Du Robert, deswegen ist Remagen ein so beliebter Ausflugsort«.

»Woher weißt Du das alles? « fragte Robert erstaunt.

»Völkerkunde«, gab Thekla kess zurück und ging schmunzelnd Richtung Auto. Sonst gab Robert immer sein Wissen zum Besten. Diesmal ging der Punkt an Thekla.

*

Lisa und Peter waren sehr erstaunt, gleichzeitig aber auch überaus erfreut, dass Thekla nun einem Kreis der Sondereinheit des BKA angehörte, zu dem aus jedem Bundesland zwei Beamte berufen wurden. Sie waren überrascht, dass Thekla ihnen während des ganzen Auswahlprozesses und Auswahlverfahrens der letzten Monate, nichts davon gesagt hatte. Gleichzeitig sahen sie natürlich ein, dass die Sache einer gewissen Geheimhaltungsstufe unterlag. Selbstverständlich willigten Beide ein, bei Einsatzanforderung durch das BKA, in Thekla' s Team mitzuarbeiten. Über die entsprechende Ranghöherstufung und auch die finanzielle Verbesserung, freuten sie sich aber fast mehr.

»So, damit Ihr direkt Bescheid wisst«, ließ Thekla verlauten, »wir befinden uns bereits mitten im ersten Fall eines Sonderauftrags. Der Troisdorfer Mord wurde mir gestern offiziell als Auftrag zugewiesen, da sich in Remagen wahrscheinlich ein ähnlicher in Zusammenhang bringender Fall ereignete. Wir«, dabei zeigte sie auf Robert, »waren gestern Abend noch in Remagen, um den Tatort bereits auf uns wirken zu lassen. Ein Oberstaatsanwalt ist auf der Rheinpromenade mit Atemnot zusammengebrochen und später verstorben. Die Obduktion hatte ergeben, dass sich im Inneren der Nase an der Nasenschleimhaut, Reste des Nervengiftes "VX" befanden. Daraufhin wurde ordnungsgemäß das LKA verständigt, dieses gab sofort Meldung an das BKA, welches einen Zusammenhang zu Troisdorf nicht ausschloss und uns den Fall zuordnete.

»Wie kam denn das Gift in die Nase«, wollte Lisa sofort wissen.

»Genaues weiß man darüber noch nichts. Wir vermuten es wurde über eine Prise Schnupftabak ge-
schleust. Oberstaatsanwalt Hartung hatte wohl immer
eine kleine Dose Schnupftabak dabei. Möglicherweise
befand sich das Gift darin. Das müssen aber die La-
boruntersuchungen noch ergeben. Lisa, - kümmere
Dich bitte heute darum im Fall Krüger, den Ladenbesit-
zer des Tabakwarenladens zu einer Gegenüberstellung
mit Frau Pia Kleimert, hier ins Präsidium, zu bitten.
Danach bringst Du bitte Frau Kleimert in den Verneh-
mungsraum und sorgst bitte dafür, dass sich noch einige
Kolleginnen hier aus dem Haus dazustellen, um der Ge-
genüberstellungsrichtlinie Genüge zu tun«

»Klar, mach ich, - ich war schon bei solchen Proze-
dere dabei. Eindeutige Identifizierung aus vier Personen «.

»Peter, fahr Du bitte nach Remagen und versuche
noch mehr "vor Ort Informationen" bei den umliegen-
den Restaurants und Geschäften herauszubekommen.

Wir hatten nur die Aussage bekommen, dass sich zwei Männer am Tisch des Herrn Hartung aufgehalten hatten, von denen einer möglicherweise chinesischer Abstammung war und einen teuer aussehenden Seidenanzug trug. Da Remagen eine sehr schöne Fußgängerzone hat, mit sehr vielen kleinen inhabergeführten Geschäften, kann sich vielleicht einer der Mitarbeiter aus den Geschäften an diese Männer erinnern? Wir brauchen jetzt jede noch so kleine Information«.

Peter nickte.

»Wir zwei«, Thekla zeigte auf Robert, »fahren nach Ahrweiler zu den Kollegen der Kripo, die den Fall bis jetzt bearbeitet haben. Sybille, kannst Du uns bitte dort anmelden? «

Sybille Salz, die "gute Seele" des Innendienstes verließ den Raum.

»Ach ja, eins noch«, Thekla wurde wieder ernst, »alles was wir im Rahmen einer BKA-Anforderung ermitteln, geht ausschließlich an mich. Keiner hier im Präsidium soll von Ergebnissen im Rahmen dieser Ermittlungen etwas wissen, auch nicht Alfred Bollenkamp«.

»Geht in Ordnung«, sagten Lisa und Peter, fast gleichzeitig, wie aus einem Mund.

Alle standen auf und verließen den Besprechungsraum. Auf dem Flur kam ihnen Sybille entgegen. »Die Kollegen in Ahrweiler sind informiert und warten auf Euch«, sagte sie zu Thekla.

»Danke Sybille, - hast Du zufällig eine Adresse bekommen, wo wir hinmüssen? « fragte Robert.

Sybille schüttelte den Kopf, meinte aber: »Moment, ich schaue schnell im Internet nach und schreibe es Euch auf«, und lief zurück in ihr Büro.

»Ich bin so froh, dass wir Sybille als Kollegin im In-
nendienst haben und nicht so eine Büromietze«, meinte
Robert. »Sie kommt „von der Front" des Außendienstes
und denkt wenigstens mit«.

*

Er wählte die Telefonnummer.

»Guten Morgen, hier ist Lee Sun. Ich hätte gerne
wieder einen Termin bei Ihnen«.

»Es tut mir leid, - im Moment geht das leider nicht.
Die Kriminalpolizei war hier«.

»Gut, dann melde ich mich später noch mal bei
Ihnen«.

Lee Sun beendete das Telefonat.

*

Es roch so wunderbar nach verschiedenen Tabaksorten. Lisa liebte diesen Geruch und dachte, dass sie am liebsten viele Stunden hier in dem Laden, der Troisdorfer Fußgängerzone verbringen würde. Das hatte sie bereits am Vortag gedacht, als sie mit Robert hier war.

»Hallo«, rief sie, »keiner da? «

Aus dem hinteren Bereich des Ladens kam eilig ein gepflegter und gutriechender Mann, anscheinend aus einem kleinen Büroraum. »Entschuldigung, das war mein Lieferant. Ich hatte ihm meine nächste Wochenbestellung durchgegeben«, meinte er verlegen lächelnd.

»Bei mir könntest Du auch eine Bestellung durchgeben«, dachte sich Lisa und merkte, wie sie bei dem Gedanken augenblicklich rot wurde.

»Ist doch nicht schlimm«, meinte Lisa, »es riecht so gut hier, da würde ich auch gerne noch länger warten.

41

Ich meine natürlich, hier der frische Tabakgeruch, natürlich auch Ihr Aftershave, also ich meine, dass riecht auch gut, aber …«

»Verdammt noch mal Lisa, reiß Dich zusammen«, dröhnte es in ihrem Kopf.

»Was kann ich für Sie tun?« fragte der Ladeninhaber.

Lisa kramte in ihrer Handtasche nach dem Dienstausweis. »Mein Name ist Lisa Drollig. Ich bin von der Kripo Siegburg. Ich war bereits mit meinem Kollegen hier bei Ihnen«.

»Ja, ich erinnere mich. Haben Sie noch Fragen? «

»Sie hatten gestern dem Kollegen gesagt, Sie würden die Dame, die hier das Feigenliquid gekauft hatte, wiedererkennen. Wären Sie zu einer Gegenüberstellung bereit? «

Lisa bemerkte, dass sie dem Mann tief in die Augen schaute, senkte aber sofort den Blick.

»Natürlich, sehr gerne, - wenn ich damit helfen kann. Wann wäre das denn? «

Lisa bemerkte, dass sie sich im Vorfeld gar keinen Plan zu der Gegenüberstellung gemacht hatte.

»Wann würde es denn bei Ihnen passen? Heute Nachmittag? « fragte sie, völlig überrumpelt.

»Also, ich habe mein Geschäft von morgens zehn bis abends neunzehn Uhr geöffnet. Danach sind Sie wahrscheinlich nicht mehr im Dienst, aber wie wäre es denn mit morgens, - so gegen acht Uhr dreißig? «

»Ja klar, wenn es bei Ihnen passt, gerne«. Lisa war froh, einen passenden Termin ausgemacht zu haben und verabschiedete sich mit: »dann bis morgen um halb Neun im Siegburger Präsidium«. Erst vor der Türe fiel ihr auf, dass sie den Termin gar nicht gemacht hatte,

sondern der Ladeninhaber. »Ein cleveres Kerlchen«,
dachte sie sich, als sie zu ihrem Auto ging, um nun zu
Frau Pia Kleimert zu fahren. Es waren nur achthundert
Meter bis zu dem Hochhaus, in dem die Frau wohnte.

»Hoffentlich funktioniert der Aufzug! « dachte Lisa.
Aber sie wurde enttäuscht. Wie so oft in diesem Haus,
im Stadtteil Friedrich-Wilhelms-Hütte war der mit
Graffiti beschmierte Aufzug "Außer Betrieb" und so
ging Lisa die vier Stockwerke durch das Treppenhaus,
das schon sehr lange nicht mehr geputzt schien. Sie
hielt ihren Dienstausweis bereits in der Hand und zeigte
ihn in Richtung der noch geschlossenen Wohnungstüre.

»Lisa Drollig, Kripo Siegburg, guten Morgen«, sagte
sie, als die Türe geöffnet wurde, »sind Sie Frau Pia
Kleimert? «

»Ja«, meinte Pia, die noch im Schlafshirt war, »aber,
- warum denn schon wieder? Ich habe gestern doch
schon alles Ihren Kollegen erzählt«.

»Wirklich alles?« fragte Lisa, » es sind noch Fragen aufgetaucht. Wir müssen Sie bitten, morgen um acht Uhr fünfzehn ins Polizeipräsidium nach Siegburg zu kommen«.

»Wie jetzt? Was für Fragen? und wieso nach Siegburg? Und überhaupt, wieso bereits um viertel nach Acht? Schauen Sie mich doch mal an, - ich komme gerade aus dem Bett. Ich schlafe gerne etwas länger«.

»Dann ist das morgen eben mal anders«, meinte Lisa nun etwas ernster, »Sie werden hiermit für morgen offiziell vorgeladen, zwecks einer Gegenüberstellung«

»Wie? Gegenüberstellung? – Wen soll ich denn identifizieren?«

Lisa schüttelte den Kopf.

»Nein, Frau Kleimert, Sie werden jemandem gegenübergestellt, der Sie identifizieren soll. Lassen Sie sich bitte nicht einfallen, nicht zu kommen. Wir müssten Sie dann durch die Kollegen der Wache Troisdorf abholen und bei uns vorführen lassen. Die Kosten dafür würden Ihnen in Rechnung gestellt. Ich glaube, eine Fahrkarte mit dem Bus würde Sie billiger kommen«.

»Aber, - was soll ich denn getan haben«, fragte die nun sehr erschrocken wirkende Frau, die nun anscheinend kalte Füße bekam, da sie immer noch mit nackten Füßen im Eingangsbereich der Wohnungstüre auf dem PVC-Boden stand. Sie tänzelte von einem Bein aufs andere, als sie sagte: »Kommen Sie doch bitte rein, mir wird es zu kalt«.

Lisa wurde zu einer Essecke geführt, die Frau Kleimert in der großzügig bemessenen Diele untergebracht hatte.

»So, - hier ist es besser«, meinte Pia, als sie auf dem Teppichboden stand, »also, - was wird mir denn vorgeworfen? «

46

»Es soll bewiesen werden, dass Sie in einem Laden in der Troisdorfer Fußgängerzone, ein Liquid der Geschmacksrichtung "Feige" für eine E-Zigarette gekauft hatten, welches für Herrn Krüger bestimmt war«.

»Ja, das ist richtig. Aber warum denn dafür eine Gegenüberstellung? Ich habe dieses Liquid gekauft, da Frau Chaminski, die Klavierlehrerin erwähnte, dass Louis Geburtstag gehabt hätte und er sich bestimmt über dieses Liquid freuen würde«.

»Frau Chaminski?« fragte Lisa irritiert.

»Ja, - er hatte es ihr gegenüber wohl erwähnt. Also kaufte ich das Feigenliquid und wollte es ihm am Vorabend seines Todes im Hotel vorbeibringen. Ich wollte ihn überraschen, aber er war nicht dort. Also ließ ich das kleine Fläschchen in einer Geschenktüte an der Rezeption, mit der Bitte, man möge es ihm aushändigen«.

»Ach, so war das? Können Sie sich erinnern, wem Sie die Tüte gegeben haben?«

Pia Kleimert überlegte kurz, dann sagte sie: »Es war eine Frau, so etwa Ende Dreißig, in einem blauen Kostüm. Wahrscheinlich die Berufskleidung des Hotels. Die Frau war sehr höflich und meinte, sie würde es sofort aushändigen, wenn Louis wieder ins Hotel käme«.

Lisa überlegte kurz. »Dann hat sich das mit der Gegenüberstellung erledigt. Kommen Sie aber bitte trotzdem morgen im Laufe des Tages ins Präsidium, um dies zu Protokoll zu geben. Fragen Sie nach Frau Sybille Salz. Die wird sich um Sie kümmern«.

»Aber bitte nicht schon um viertel vor Neun«

Lisa lachte: »Nein, Sie können beruhigt ausschlafen, kommen Sie im Laufe des Tages, so bis Fünfzehn Uhr«.

»Danke«, meinte Pia Kleimert und mit einem Stoßseufzer brachte sie Lisa wieder zur Wohnungstüre.

Auf dem Weg zum Präsidium hielt sie in der Nähe des Tabakladens noch einmal an, um dem Inhaber den morgigen Termin abzusagen.

»Schade«, dachte sie, »der Mann roch so gut«.

»Das ist aber wirklich schade, meinte der Ladeninhaber lächelnd zu Lisa, »ich hätte Sie gerne wiedergesehen«.

»Das können Sie auch gerne«. Erfreut reichte Lisa dem Mann ihre Handynummer, die sie auf einen Zettel geschrieben hatte. »Rufen Sie mich gerne mal an, am besten abends«.

Nun machte die Fahrt zurück ins Präsidium doppelt Spaß. Als sie dort ankam, betrat Lisa singend das Dienstgebäude.

*

Nach fünfundvierzig Kilometern und zweiundvierzig Minuten Fahrzeit von Siegburg aus über die A59, die A565 und dann die A61, erreichten Thekla und Robert auf der Max-Planck-Straße, die Polizeistation in Bad Neuenahr-Ahrweiler, in der auch die Kriminalpolizei untergebracht war. Die Kollegen der dortigen Mordkommission waren nicht sonderlich erfreut, den Fall in Remagen abgeben zu müssen. Schließlich hatten sie bereits einiges an Ermittlungsarbeit geleistet.

»Aber, wenn sich jetzt das BKA einschaltet, muss es sich ja um einen Fall größeren Ausmaßes handeln«, meinte der ältere der beiden Kommissare im ersten Stockwerk des Gebäudes. »Um was handelt es sich denn dabei? «

»Kollege«, meinte Robert, obwohl Thekla die Frage gestellt wurde, »das ist nun Sache des BKA, nicht mehr der Mordkommission Ahrweiler«.

»Was habt Ihr bereits unternommen, beziehungsweise eingeleitet? « fragte Thekla, als sie sich an den,
in der Ecke befindlichen kleinen Tisch setzte, an dem
drei Stühle standen.

»Steht alles in der Akte«, meinte der zweite Beamte
in dem Zimmer und schaute Robert dabei an, der sich
mit seiner Äußerung nicht gerade einen Freund gemacht hatte.

Thekla schlug die Akte auf und wollte zu lesen beginnen.

Der wahrscheinlich dienstältere der beiden Kollegen
begann aber nach kurzem, den bisherigen Ermittlungs-
stand zu schildern.

»Nachdem die Kollegen aus Remagen am Tatort
vom Notarzt des nahen gelegenen Krankenhauses, die
Diagnose "unklare Todesursache" hörten, sperrten sie
die Rheinpromenade weiträumig ab und informierten
uns. Wir ermittelten, dass der Oberstaatsanwalt Hartung

wohl durch einen gewaltsamen Tod ums Leben kam, da unsere Leute von der Spurensicherung feststellten, dass sich eine feine pulverartige Substanz im Naseneingangsbereich feststellen ließ. Aus der Gerichtsmedizin Koblenz erfuhren wir einige Stunden später, dass man an der Nasenschleimhaut das Kontaktgift "VX" festgestellt hat. Vorschriftsmäßig informierten wir das LKA über die ermittelte Todesursache. Das LKA meldete sich etwa zwanzig Minuten später und meinte, sie hätten ihrerseits das BKA informiert. Wir sollten nichts weiter unternehmen, das würden die Kollegen von dort übernehmen. Ja, - und jetzt seid Ihr hier«.

Das Festnetztelefon der Kollegen klingelte.

»Ja? «, meldete sich der jüngere anwesende Beamte, der sich während des Gespräches am Schreibtisch zurückgezogen hatte. Es dauerte eine Weile bis er auflegte und den Mann, der sich mit Thekla unterhalten hatte, ansprach: »Wir müssen nach Remagen. In der Nähe des dortigen Campingplatzes ist heute Morgen ein

"Wildcamper" abgebrannt. Die gerufene Feuerwehr geht von einer heruntergebrannten Kerze aus. Nachdem das Wohnmobil gelöscht war, haben sie eine halb verbrannte Leiche entdeckt. Der Mann hatte zwei Löcher im Kopf. Es war vermutlich Mord«.

Thekla stand von ihrem Stuhl auf, nickte Robert zu und öffnete die Bürotür, um sich zu verabschieden.

»Vielen Dank für die einführende Information. Wenn wir noch Fragen haben, rufen wir an oder schreiben eine E-Mail. Euch viel Erfolg bei der Brandsache in Remagen«.

Gleichzeitig mit den Kollegen, verließen die frischen BKA-Leute das Gebäude auf der Max-Planck-Straße. Die einen fuhren in Richtung Rhein, die anderen in Richtung der Autobahn und wieder nach Siegburg.

*

Peter Ludwig staunte, als er seinen Wagen hinter dem Remagener Bahnhof abstellte und in den gepflasterten Bereich des Zentrums kam.

»Da kennt man Remagen nur aus der Perspektive des "Durchfahrens", wenn man über die B9 zwischen Bonn und Koblenz fährt. So einen gemütlichen Innenstadtbereich würde man gar nicht vermuten«, dachte er.

Die zahlreichen kleinen Geschäfte, in denen teilweise sogar wertvolle Handwerkskunst angeboten wird, fand er zwar schön, jedoch richtige Zeit sich alles anzuschauen, hatte er nicht. Er war zum Ermitteln hier. Mit dem Bild von Herrn Huber in seiner Jackentasche ging er von Geschäft zu Geschäft und fragte nach, ob jemand diesen Mann kennt. Gleichzeitig fragte er nach, ob sich jemand erinnere, in den letzten Tagen zwei Männer gesehen zu haben, von denen einer der Beiden, ein Asiate in einem Seidenanzug war. Leider hatte er in den Geschäften kein Glück. Die Zahl der Touristen und anderer Besucher des Ortes und der Rheinpromenade war zu groß, als dass sich jemand erinnern konnte. Peter ging zum Rhein runter. Er bestaunte die einladend angelegte Promenade mit den, wie er schätzte zweihundert Sitzgelegenheiten der unterschiedlichen Restaurants. Einige waren aus Korb, andere aus Plastik gefertigt. Dazwischen überall verschiedene, zum jeweiligen Restaurant gehörende Sonnenschirme. Er versuchte erneut sein Glück, dieses Mal in einem der Eissalons.

»Guten Tag«, begrüßte er den Verkäufer, der an dem großen Fenster zur Promenade hin, stand.

»Buongiorno, Senior. Welches Eis hätten Sie gerne? «

Peter schaute sich die große Auswahl einen Moment an. Dann sagte er: »Ich bin von der Kriminalpolizei«, er hielt seinen Dienstausweis hoch, » können Sie mir sagen, ob Sie diesen Mann kennen? « Er hielt das Bild des Toten hoch.

»Ja klar, das ist doch der Staatsanwalt, der vor zwei Tagen, da hinten tot umgekippt war«, er zeigte in Richtung des Bereiches, zwischen der Bestuhlung der Restaurants und der Kaimauer des Rheins.

»Sie kennen den Mann und wissen, dass er Staatsanwalt war? «

»Natürlich! Der Mann war seit vielen Jahren Stammgast bei uns. Er hat meistens dienstags und donnerstags dort drüben zu Mittag gegessen und sich anschließend bei uns ein Eis geholt. "Wie immer, zum Mitnehmen", hat er immer gesagt. Er nahm jeweils zwei Kugeln Stracciatella und eine Kugel Schokolade«.

»Und die hat er immer mitgenommen? «

»Ja, er meinte oft, »keine Zeit«, wobei er dann auf seine "Tag Heuer" Armbanduhr zeigte«.

»Sie kennen sogar die Uhrenmarke? Da haben Sie aber ein gutes Auge«.

Der freundliche italienische Verkäufer lachte, als er sagte: »Ich liebe Armbanduhren und habe eine kleine Sammlung zu Hause. Dieses Modell von "Tag Heuer" hätte ich auch gerne, aber - «, er rieb Daumen und Zeigefinger der rechten Hand aneinander, »zu teuer«.

Peter fragte, ob sich der Mann an zwei Männer erinnern könne, einer davon war asiatischer Abstammung und trug einen Seidenanzug. Sie müssten an dem Mordtag bei ihm gewesen sein.

»Also, wissen Sie, hier kommen am Tag hunderte Leute Eis kaufen, da erinnert man sich in der Regel an niemanden, aber ein Asiate in dem schönen Leinenanzug, sei ihm aufgefallen. Ich dachte noch, der Anzug würde dem Restaurantinhaber von dem Restaurant, hier einige Häuser weiter, gefallen. Der ist nämlich auch immer so chic gekleidet, - meint er jedenfalls. Auf jeden Fall, der trägt auch immer teure Klamotten. Die zeigten mir auch ein Bild von dem Staatsanwalt und fragten, ob ich den kennen würde. Ich erzählte ihnen das gleiche wie Ihnen, dass er Stammgast wäre und zweimal in der Woche dort drüben essen würde«.

»Leinenanzug? « fragte Peter, »kein Seidenanzug?«

»Ich habe ja nicht viel Ahnung von den Materialien, aber ich glaube, wenn Wildseide verwebt ist, hat es große Ähnlichkeit mit einer Leinenstruktur. Es kann also durchaus sein, dass es auch ein Seidenanzug war«. Der Mann schaute in seine Eistheke, die ihn von Peter trennte. »Wollen Sie nicht doch einmal probieren? «

Peter drehte sich um und bemerkte, dass sich zwei Personen hinter ihn gestellt hatten, um Eis zu kaufen. »Okay, dann nehme ich bitte zwei Kugeln im Hörnchen. Einmal Malaga und einmal Caramel«.

Nachdem er bezahlt hatte, ging er in Richtung der Kaimauer und schaute den Lastkähnen nach, die hier entlangkamen.

»Das ist wirklich leckeres Eis«, dachte er, nachdem er das Hörnchen aufgegessen und sich noch einmal am Eissalon umgeschaut hatte, an dem nun eine lange Schlange Eishungriger anstand.

*

Als Peter am frühen Nachmittag den Besprechungsraum im Siegburger Polizeipräsidium betrat, saßen Thekla, Robert und Lisa, am Besprechungstisch.

»Gut dass Du kommst«, meinte Thekla, »Lisa hatte uns gerade erzählt, dass Frau Kleimert, die Bekannte von dem Toten, ihr erzählt hatte, dass sie das Liquid bei dem Troisdorfer Händler gekauft und an der Rezeption als Geschenk für Louis Krüger hinterlegt hatte«.

»Dann hatte sie das Gift dort reingemischt? « fragte Peter.

Thekla presste die Lippen aufeinander, wiegte den Kopf etwas hin und her und überlegte. Nach kurzer Zeit meinte sie: »Schon möglich, aber das werden wir ihr nicht nachweisen können. Außerdem können wir ihr noch kein Motiv zuordnen. Ob es eventuell eine Verbindung mit dem Oberstaatsanwalt gibt, müssen wir auch erst noch ermitteln, da es sich in beiden Fällen um die Tötung mit dem äußerst seltenen Gift "VX" handelt. Das BKA geht jedenfalls davon aus, dass die beiden Fälle zusammenhängen«.

»Ich habe da mal eine wichtige Frage, die sich für mich ergeben hat. Woher stammt das Gift eigentlich? Ich dachte, das sei im zweiten Weltkrieg entwickelt worden und alle Restbestände seien vernichtet worden.

»Eine sehr gute Frage«, stellte Robert fest und tätschelte Lisa, die neben ihm saß, auf die linke Schulter.

»Am besten ist, wenn Sybille mal recherchiert, was sie über dieses Gift in Erfahrung bringen kann und welche Staaten es noch herstellen, ob Deutschland alles

vernichtet hat oder ob es noch Restbestände in geheimen Bunkeranlagen gibt oder liegen Meldungen über
Diebstahl an irgendwelchen Depots vor? ...und so weiter«.

Als ob Sybille es gehört hätte, öffnete sie nachdem
sie angeklopft hatte, die Tür zum Besprechungsraum
und trat ein.

»Entschuldigung, - aber ich habe hier etwas über den
toten Oberstaatsanwalt recherchiert und würde es Euch
gerne vorlegen«.

»Vielen Dank, Sybille, Du machst wirklich gute und
sorgfältige Arbeit«.

Verlegen schaute Sybille nach unten auf ihre Füße.
Vor den Kollegen so gelobt zu werden war ihr peinlich.
Thekla nahm die niedergeschriebenen Ermittlungsergebnisse und bat Sibylle noch, die bereits den Raum
wieder verlassen wollte, sie möge doch bitte verschiedenen Recherchen zu "VX" nachgehen. Herstellung,

Vertrieb, Vernichtung, Aufbewahrungslager, Verlust-
meldung. Diese Recherchen sollten aber bitte weltweit
erfolgen.

Thekla schlug die Akte der von Sybille durchgeführ-
ten Ermittlungen auf.

»Herr Hartung war seit elf Jahren verheiratet mit
Evelyn Hartung, geborene Scheurer. Er hatte zwei Kinder im Alter von vierzehn und elf Jahren, beides Mädchen. Die Ältere ist unehelich und stammt aus einer
früheren Beziehung von ihm mit einer Bardame aus A-
denau. Herr Hartung besaß mehrere Ländereien und
Weinberge entlang der Ahr. Er war Gesellschafter einer
Schweitzer Holding Gesellschaft, die sich mit weltwei-
ten Großprojekten, wie Staudämme und Tunnelanlagen
beschäftigte«.

Thekla hob den Blick und schaute in die Runde.

»War Herr Krüger für die gleiche Firma tätig? Lisa,
holst Du mal bitte die Akte von Louis Krüger? «

Als Lisa das Zimmer nach einigen Minuten wieder betrat, stellte Thekla nach einem kurzen Vergleich der Firmennamen fest: »Tatsächlich, - die gleiche Firma. Ist das die Verbindung zwischen den Fällen, nach der wir gesucht haben? Wollte sich Herr Krüger mit dem Oberstaatsanwalt zu einer Besprechung oder Übergabe der "geheimen" Unterlagen treffen? Das muss ermittelt werden. Weiterhin müssen wir auch die Familie in Bad Neuenahr und sogar die Ex-Beziehung aus Adenau befragen. Wir dürfen uns jetzt, bei unserem ersten Fall des Sondereinsatzes, keinerlei Fehler erlauben. Wir müssen alles, jede noch so kleine Ungereimtheit durchleuchten, sei sie auch noch so abwegig« .

Das Telefon auf dem ovalen Besprechungstisch klingelte und Robert nahm das Gespräch entgegen:

»Ja, -Hanf«, meldete er sich.

»Bollenkamp hier. Ist Thekla da? «

»Moment«, Robert reichte den Hörer weiter, »hier für Dich, Fred«.

»Alfred? «, meldete sich Thekla.

»Hallo Thekla, ich habe hier ein Telefonat der Kollegen aus Bad Neuenahr. Sie sagen, sie hätten verschiedene Ermittlungsergebnisse, die uns vielleicht interessieren würden. Da es aber eine Sache des BKA ist und ich damit nichts zu tun habe, möchte ich, dass Du zuständigkeitshalber das Gespräch führst«.

»Okay Alfred, danke ich übernehme«. Thekla hörte ein Klicken in der Leitung. Dann meldete sie sich erneut. »Bundeskriminalamt, Thekla Sommer«

Robert, Lisa und Peter blickten sich gegenseitig an. Das war das erste Mal, dass sie hörten, dass Thekla sich mit dem neuen Titel, den sie nun hatte, meldete. Robert war ziemlich stolz darauf, dass Thekla dies geschafft hatte und er nun mit einer Hauptkommissarin des BKA zusammen war.

»Ja Hallo, - Ihr ermittelt doch jetzt in dem Remagener Fall und da wollte ich Euch kurz über etwas infor-
mieren, was Euch vielleicht hilfreich sein könnte. Bevor wir nämlich jetzt hier weiter ermitteln und Ihr uns
nachher wieder den Fall wegnehmt, sage ich es Euch
lieber gleich«.

Thekla setzte sich nun aufrecht auf den Stuhl und
hörte gespannt zu.

»Was gibt es denn? « fragte sie knapp.

»Bei unseren Ermittlungen, am fast ausgebrannten
Wohnmobil neben dem Campingplatz, haben sich zwei
Zeugen gemeldet, die an dem Abend vor dem Brand,
sehr angeheitert aus Remagen zurückkamen. Sie wollten, da sie Dauercamper sind, zurück in ihre Betten. Als
sie kurz vor dem Campingplatz waren, kam ihnen ein
dunkler Wagen mit SU-Kennzeichen entgegen, aus
Richtung des abgebrannten Wohnmobils. In dem Wohnmobil hätten sie kein Licht, wohl aber etwas flackern

gesehen. Sie dachten, es sei eine Kerze, haben sich aber nicht weiter darum gekümmert, sondern seien, Kneipenlieder singend und froh gelaunt, weiter gegangen«.

»Konnten sie Angaben über den Fahrzeugführer oder das Auto machen?«, wollte Thekla wissen.

»Ja, - deshalb rufe ich ja an. Sie meinten, der Fahrzeugführer hätte schwarze Haare gehabt und hätte irgendwie asiatisch ausgesehen. Mehr haben sie nicht gesehen, außer, wie bereits gesagt, das Kennzeichen mit SU beginnend«.

»Okay, danke für die Info. Ermittelt in Eurem Fall weiter. Für uns scheint das nicht relevant zu sein, wenn doch, - werden wir uns bei Euch melden. Danke«.

»Und dann greift Ihr wieder auf unsere Arbeit zurück«, murrte der Kriminalbeamte aus Bad Neuenahr.

»Herr Kollege, bitte…«, äußerte sich Thekla, recht formell klingend.

Sie schaute auf den Telefonhörer, den sie nun etwa zwanzig Zentimeter vor ihrem Gesicht hielt. Dabei schüttelte sie den Kopf und meinte: »Einfach aufgelegt«.

Robert schüttelte den Kopf. »Keine Manieren bei den Kollegen«.

Als Thekla die einzelnen Aufgaben für den folgenden Tag einteilen wollte, klingelte Lisas Handy.

»Lisa Drollig«, meldete sie sich hastig

»Hallo Lisa, hier ist Sylvia. Hast Du Lust heute Abend mit in die Sauna zu gehen? «

»Sorry, ich kann jetzt nicht. Ich rufe gleich zurück«

»Okay, Entschuldigung«

Lisa legte verlegen auf und in Richtung Thekla meinte sie: »Hab vergessen auszuschalten, tut mir leid«.

Die Entschuldigung reichte Thekla, die sehr zornig auf Lisa wirkte. Sie wusste, dass Lisa ansonsten sehr sorgsam und penibel war. Sie hatte es bestimmt wirklich vergessen. Lächelnd nickte sie Lisa zu.

»Lisa und Peter, könnt Ihr bitte morgen mal schauen, wer sich hinter dem Konsortium verbirgt, das an dem "Bunkerprojekt" des Schweitzer Planungsunternehmens beteiligt ist. Es wird nicht einfach, da sich die Schweitzer erfahrungsgemäß auf ihre Verschwiegenheit berufen aber dennoch, zapft alle Quellen an. Schaut auch bitte, wer sonst noch als Gesellschafter bei den Schweizern eingetragen ist. Vielleicht hatte der Staatsanwalt Neider, die mit eigenen Ansichten mit den Meinungen des Herrn Hartung nicht einverstanden waren? Vielleicht ist dort ein Motiv zu finden? Wir müssen in alle Richtungen denken. Robert und ich werden wieder den Weg nach Bad Neuenahr nehmen. Diesmal nicht zu den Kollegen der Kripo, sondern um uns im privaten Umfeld von Herrn Hartung etwas umzusehen. Auch die Ländereien, beziehungsweise Weinberge, durch die diverse

Bunkeranlagen führen, werden wir uns genau ansehen. Gab es vielleicht andere Weinbauern, die von dem zu vergebenden "Kuchen" auch etwas haben wollten.

»Kuchen? « fragte Robert aufgeschreckt, als wenn er etwas verpasst hätte.

»Robert«, meinte Peter, »Thekla meint, wenn die Bunkeranlagen reaktiviert und kommerziell genutzt werden sollten, hätten die Weinberge erheblichen Gewinn gebracht, da möglicherweise die kommerzielle Nutzung an den Verkauf der Weinberge gekoppelt werden könnte«.

»Da sind ja unter Umständen zweistellige Millionenwerte im Spiel«, meinte Robert.

»Richtig und um das herauszufinden, fahren wir morgen an die Ahr zum "Rotweinwanderweg", der von Altenahr abwärts der Ahr bis nach Bad Bodendorf, einem kleinen Ort hinter Bad Neuenahr, führt. Dort werden wir uns bei einigen Weinbauern umschauen und umhören«.

»Zu dem „Umschauen bei Weinbauern" gehört in aller Regel aber auch jeweils eine Weinprobe. Fühlst Du Dich denn wieder fit genug, um mit Deinem schmerzhaften Arm wieder zu fahren? «

Thekla schaute in die Runde, als könne sie es nicht glauben. »Eine Weinprobe gibt es morgen nicht. Du kannst Dir gerne ein paar Flaschen direkt vom Erzeuger mitnehmen, aber fahren musst Du«.

»Bis morgen«, sagte Thekla, als sie die Besprechung auflöste.

*

»Ja, hier Lisa, hallo Sylvia. Ich konnte leider eben nicht telefonieren. Wir waren in einer Dienstbesprechung«, meldete sich Lisa, als ihr Rückruf bei ihrer

Freundin, angenommen wurde. Eigentlich war es Theklas Freundin seit ihrer Schulzeit. Thekla und Sylvia kannten sich schon fast zwanzig Jahre. Ihre Freundschaft hielt jede Belastung aus, selbst die, als sich Sylvia nach einer kurzen Ehe von ihrem Mann trennte, da sie gemerkt hatte, dass es nur eine „Alibi" Ehe war. Sylvia hatte schon früh erkannt, dass sie sich eher gleichgeschlechtlich orientierte. Als sie sich geoutet hatte, waren viele Freunde plötzlich keine Freunde mehr. Nur Thekla, mit der nie ein lesbischer Kontakt, auch kein Abenteuer bestand, war ihr als wahre Freundin geblieben. Beide verband die Liebe, ausgiebig saunieren zu gehen und so hatten sie es sich zur Gewohnheit gemacht, einmal pro Monat dieses Vergnügen zu genießen. Bei einem dieser Saunatage war auch Lisa dabei. Da Lisa auch Frauen liebte, versuchte sie sich mit Sylvia zu arrangieren. Leider stellten beide bei einem Glas Wein nach der Sauna fest, dass sie es doch besser bei einer "Freundschaft" belassen sollten, weil die gleichzeitige Kollegialität zu Thekla auch nicht gefährdet werden sollte.

»Hallo Lisa, schön dass Du zurückrufst. Wie sieht es aus? Hast Du Lust mit in die Sauna zu gehen? «

»Also, im Allgemeinen schon. Du weißt wie gerne ich in Gesellschaft schöner Frauen bin und wie gerne ich mir sanfte Rundungen anschaue. Aber im Moment sind wir so angespannt vor Arbeit, dass ich heute einfach nur noch schlafen will«.

»Schade, aber nicht weiter schlimm. Dann vielleicht ein anderes Mal, aber wenn Du sagst, Ihr hättet viel Arbeit, lohnt es sich wohl nicht, bei Thekla anzurufen? «

»Wie ich die momentane Situation einschätze, eher nicht. Das soll Dich aber nicht davon abhalten …«

Sylvia lachte: »Es ist schon süß, wie Du versuchst allen Seiten gerecht zu werden, aber Du, - dass ist doch

gar kein Problem. Dann eben beim nächsten Mal.
Schlaf gut, Süße«.

*

Als Thekla und Robert zu Hause ankamen, kam zeit-
gleich auch Peter Sommer mit seiner Frau Franziska
vorgefahren.

»Hallo Ihr Beiden«, grüßte Theklas Vater bereits
beim Aussteigen von der anderen Straßenseite aus. Wir
waren eben in Siegburg im Café Loyal gegenüber vom
Bahnhof. Ihr hattet mal erzählt, dass das ein veganes
Café sei und da dachten wir uns, es mal auszuprobie-
ren. Auf der Rückfahret dachte ich, Euch mal ganz
spontan zu besuchen. Stören wir? «

»Aber Papa«, lachte Thekla, »wie könntet Ihr stören? Wir kommen gerade vom Dienst«.

»Da kommt mir auch ganz spontan eine Idee«, meinte Robert sichtlich erfreut. »Ihr geht jetzt gemeinsam mit Thekla ins Haus, ruht Euch schon mal ein wenig aus, während ich schnell nach Kaldauen fahre und uns beim Imbiss Peter, jedem eine Currywurst mit Fritten hole. Das wird die Beste Currywurst, die Du je gegessen hast«, meinte er zu Theklas Vater.

»Aber wir sind doch nicht zum Essen gekommen«, sagte Franziska. Thekla jedoch nahm die Beiden in den Arm und führte sie in Richtung der Haustüre.

»Lass ihn mal ruhig, er ist verrückt nach dieser Currywurst und jetzt will er natürlich die Gelegenheit nutzen, sich mal wieder eine zu gönnen. Ich selber koche auch lieber für uns, aber Robert...« flüsterte sie den Beiden zu. Danach drehte sie sich zu Robert und rief: »Mach das Schatz, - Du kannst Dir und meinem Vater auch ruhig eine doppelte Currywurst mitbringen«.

Mit strahlendem Gesicht stieg Robert in den Twingo.
Er freute sich wie ein Honigkuchenpferd. Endlich mal
hatte Thekla nichts gegen Currywurst mit Pommes.
Noch ein schönes Warsteiner Pils dazu, es gab nichts
Besseres.

*

Nach dem Essen fragte Peter seine Tochter:

»Und? Hast Du schon was von der Bewerbung beim
BKA gehört? «.

Freudestrahlend erzählte Thekla von den Entwick-
lungen, dem neuen Fall und der Beförderung.

»Nur«, sagte sie betrübt, »hoffentlich bleibt nichts
von dem Bruch des Ellenbogens zurück? «.

Während des Essens der leckeren Currywurst, erzählte Peter eine Geschichte aus seiner Kindheit, die

Thekla zwar schon mehrere Male gehört hatte, aber die
für Robert neu war:

»Ich war gerade sieben Jahre alt geworden und hatte
einen Lederfußball geschenkt bekommen. Am Nachmittag, als ich mit meiner Mama vom Markt zurückkam, wo sie wieder frisches Obst und Gemüse gekauft
hatte, kamen wir wieder nach Hause. Auf dem Weg
nach Hause kamen wir an unserer Fußballwiese vorbei.
Meine Freunde spielten schon dort und riefen mir zu,
ich solle doch auch kommen. Mama bestand darauf,
dass ich mich erst umziehen solle und nur noch kurz
raus dürfe, da es bald dämmerig werden würde. Als ich
dann mit dem neuen Lederball in der Hand, die Straße
entlanglief, schaute ich froher Erwartung zu meinen
Freunden hinüber. Kurz bevor ich die Bundesstraße
überqueren wollte, fiel mir der Ball aus der Hand und
rollte auf die Straße. Oh nein, mein neuer Ball, auf den
ich so stolz war. Ich hatte nur den Ball im Blick als ich

auf die viel befahrene Straße lief. Ich musste doch unbedingt mit dem Ball wieder heil nach Hause kommen...!

Ich schlug die Augen auf und blickte an eine weiße Decke. Ich lag im Bett, aber nicht in meinem. Ängstlich blickte ich umher und sah noch drei andere Betten in dem großen Raum. Weiße Betten, mit weißer Bettwäsche. In den Betten lagen auch Jungen in meinem Alter. Sie unterhielten sich und lachten. Als sie bemerkten, dass ich wach wurde, verstummten sie und schauten neugierig zu mir rüber. Wo war ich? Meine ersten Gedanken waren, ich sei in einem Kinderheim. War ich böse zu meinen Eltern, dass sie mich in ein Kinderheim gebracht hatten? Ich wollte mich im Bett hinsetzen. Doch es ging nicht. Ich hatte so furchtbare Kopfschmerzen und meine Hände waren mit Mullbinden am Bett angebunden, ich konnte Sie nur wenig von der Bettkante entfernen. Es war gar keine Bettkante, es waren Gitter an meinem Bett. Gitter? War ich jetzt in irgendeinem Kinderheim als Gefangener? Ich verspürte sehr starken Durst und fragte die Kinder nach etwas zu trinken. Verständnislos schauten sie mich an, so als würden sie mich gar nicht verstehen.

Beklemmung schlich panikartig in mir hoch und ich merkte, wie mir Tränen über meine Wangen liefen. Ganz allein in einer fremden Welt. Wie sollte ich das aushalten und wie sollte ich hier überleben? Völlig erschöpft überkam mich die Müdigkeit. Ich schlief ein und wurde wach, als man mir sanft über da Gesicht streichelte. Ich schaute in das lächelnde Gesicht einer Frau.

„Hallo mein Junge, wie geht es dir? Du bist hier im Krankenhaus und deine Eltern kommen auch heute Abend Dich besuchen."

Wieder fing ich leise an zu weinen. War es vor Freude, dass ich nicht bei Außerirdischen gefangen gehalten wurde, oder war es die Angst, dass Mama und

Papa gar nicht wussten wo das Krankenhaus war? Trös-
tend sagte mir die freundliche Frau, ich hätte einen Ver-
kehrsunfall gehabt und hätte ziemlich lange geschlafen.
Meine Hände seien festgebunden, damit ich im Schlaf
nicht an den Kabeln zerren würde oder mir an den Kopf
fassen würde. Jetzt erst bemerkte ich all die Kabel, die
unter meinem Schlafanzug herauslugten und an irgendwelchen Apparaten, die neben meinem Bett standen,
angeschlossen waren. Aber was war mit meinem Kopf?
Er tat zwar weh, ich konnte aber ja nicht fühlen was mit
ihm war. Die junge Frau hob meinen Kopf mit einer
Hand etwas an und gab mir mit der anderen Hand etwas
zu trinken. Endlich, dabei hatte ich doch gar nicht danach gefragt. Mittlerweile kamen einige Erwachsene in
das Zimmer und gingen zu den anderen Jungen. Wie
sich später herausstellte, waren es die Eltern der Kinder.
Aber wo waren meine Eltern? War ich gar nicht so
wichtig, dass sie mich nicht besuchen kamen? Ich
wollte die Erwachsenen fragen, ob Sie meine Eltern
nicht irgendwo gesehen hätten, doch sie schauten mich

nur mitleidig an und sagten nichts. Was war denn nur los, dachte ich. Traurig lag ich in meinem Bett und schlief wieder ein. Als ich wach wurde blickte ich in das so vertraute Gesicht von Mama, welches nun ganz dicht vor meinem war. Sie weinte und lachte gleichzeitig. Ich war so froh und auch mein Herz schien zu jubeln. Hatten sie also doch zu mir gefunden. Papa saß auch neben dem Bett und lächelte überglücklich, dass ich endlich wieder aufgewacht war. Mama erzählte mir, dass ich nachmittags auf die Straße gelaufen war, um meinen Ball zu retten. Dabei hätte ich nicht auf den Verkehr geachtet und sei vor ein Auto gelaufen. Dieses hätte mich mit der rechten vorderen Seite bei voller Fahrt erfasst und ich sei viele Meter durch die Luft geschleudert worden und mit dem Kopf genau gegen die Ecke eines Bordsteins geschlagen. Dabei hätte ich einen Schädelbasisbruch und mehrere Schädelbrüche erlitten. Es muss ganz schlimm ausgesehen haben, als Mama von Nachbarn alarmiert wurde und sie schreiend zur Unfallstelle kam. Alles war plötzlich voller Blut. Es

kam mir aus Ohren, Nase, Mund und der großen
Wunde am Kopf. Der Krankenwagen der nach einiger
Zeit kam, hätte mich zunächst in das Krankenhaus in
Siegburg gebracht. Dort allerdings hätte man die
Schwere der Verletzung sofort erkannt und mich weiter
zur Uniklinik nach Bonn bringen lassen. Dort, in der
Neurochirurgischen Klinik, sei ich dann sofort operiert
worden. Die Ärzte hatten meinen Eltern nicht viel
Hoffnung gemacht und wenn ich überleben sollte,
würde ich wahrscheinlich ein behindertes Kind sein,
welches nicht mehr laufen und sprechen könne. Mein
Sprachzentrum im Gehirn sei sehr stark beschädigt
worden. Sechs Wochen war ich ohne Bewusstsein, wobei meine Eltern sich mit den Besuchen bei mir, mit
meiner Tante aus Bonn abwechselten, da die Klinik
circa fünfzehn Kilometer von meinem Wohnort entfernt
war und mein Vater bis abends arbeiten musste. Sie saßen oft stundenlang an meinem Bett, streichelten meine
Hand und lasen mir geduldig aus Kinderbüchern oder
der Tageszeitung vor. Man wusste es nicht genau, aber

vielleicht war die Anwesenheit vertrauter Personen und
der beruhigende liebevolle Klang dieser besorgten
Menschen für mich der Motor, zu genesen. „Nun wird
alles wieder gut", sagte meine Mutter hoffnungsvoll
und fing an zu weinen. Ich versuchte nun auch etwas zu
sagen, Mama jedoch streichelte mich und meinte, ich
könne jetzt nicht richtig sprechen. Dies würde sich aber
mit viel Übung und Gottes Hilfe bald regulieren. Mama
fragte eine Krankenschwester, ob sie mir die Mullbinden von den Armen und dem Bett lösen dürfe. Mama
durfte, so konnte ich sie und Papa endlich umarmen, als
sie sich zu mir herunterbeugten. „Du darfst aber nicht
an deinen Kopf kommen", sagte Mama. Mein ganzer
Kopf war mit dicken Verbänden umwickelt. Da ich so
lange im Koma war, konnte ich meine Arm- und Bein-
gelenke nicht mehr richtig bewegen. Es dauerte bestimmt ungefähr zwei Wochen, bis ich alleine gehen
konnte. Trotz täglicher Übungen mit meinen Eltern o-
der im Wechsel mit einem speziellen Laufgestell,

machte ich nur langsam Fortschritte. Aber bei guter Zusprache und auch durch meinen eigenen Willen klappte es. Auch mit meiner Aussprache funktionierte es immer besser. Jeder konnte mich jetzt verstehen und mit den Kindern im Krankenzimmer konnte ich nun sogar spielen.

Etwas mehr als drei Monate nach dem Unfall, konnte ich das Krankenhaus verlassen. Da ich ein fingergroßes Loch in meiner Schädeldecke hatte, was auch nie wieder zuwachsen würde, musste mein Papa ganz vorsichtig mit mir sein, als er mich abholte. Dieses Loch war lediglich verschlossen mit der Kopfhaut und darunter mit Gewebe. Es sollte aber wohl im Laufe meines weiteren Lebens so viel Gewebe entstehen, dass keine Auffälligkeiten zu sehen seien. Lediglich die Schädeldecke würde nicht mehr mit Knochen gefüllt sein, nur mit Gewebe und Haut. Papa holte mich mit unserem VW in Bonn ab. Die Fahrt nach Hause war toll. Endlich etwas anderes sehen als immer nur die

Krankenhauszimmer. Ich konnte wieder vernünftig gehen und mit dem Sprechen klappte es auch. Dank des intensiven Übens mit Mama und Papa und der Hilfe meiner Schulfreunde, konnte ich nach weiteren drei Monaten wieder die Schule besuchen. Meine Schulfreunde hatten mir immer die entsprechenden Hausaufgaben, die sie bekommen hatten ‚zu Hause vorbeigebracht. In mühevoller Kleinarbeit hatte sich oft mein Papa abends mit mir beschäftigt und so bekam ich den Lehrstoff aus der Schule aufgearbeitet.

Die Ärzte hatten nicht Recht behalten. Mein Sprachzentrum wurde wahrscheinlich nicht so schwer verletzt oder andere Teile des Gehirns übernahmen wichtige Funktionen. Ich hatte keinerlei Probleme mehr, irgendetwas zu erzählen oder mir in Gedanken vorzustellen.

»Siehst Du Thekla«, beendete Theklas Vater die Geschichte aus seiner Jugend, genauso wie ich damals die Sache überstanden habe und eine recht erfolgreiche berufliche Karriere hinter mich bringen konnte, - genauso wird das mit Deinem Arm wieder gut werden und auch Du wirst, das prophezeie ich Dir, eine erfolgreiche Ermittlerin beim BKA werden«.

*

»Guten Morgen Thekla, ich muss Dir etwas dringendes sagen«, rief Sybille, als sie den Flur entlanggelaufen kam. Thekla wollte gerade den Besprechungsraum mit ihrem Team betreten.

»Etwas, was den Fall betrifft? « fragte Thekla.

»Ja«.

»Dann komm doch mit rein. Es wird bestimmt auch die anderen interessieren«.

Sybille schloss die Türe hinter sich und setzte sich in den Kreis der Ermittler.

»Du hattest mir gestern aufgetragen, ich solle alles herausbekommen, was die Klavierlehrerin in Oberlar betrifft und ich solle recherchieren, was in Verbindung mit "VX" herauszufinden sei. Obwohl ich gestern Abend und auch schon heute Morgen sehr früh versucht habe, an Informationen zu kommen, gelingt es mir nicht richtig. Über Frau Chaminski bekomme ich über unseren Polizeicomputer nur das heraus, was allgemeinzugänglich auch im Internet zu lesen ist. Über das Kontaktgift werden nur Vermutungen angestellt, welche Länder noch in Besitz davon seien. Hier wird insbesondere der nahe Osten aber auch China, Japan, eventuell Russland und vielleicht die USA genannt. Da mir das an Auskünften in beiden Fällen zu wenig war, habe ich versucht Auskünfte über den BKA-Computer zu bekommen. Dort wurde ich bei beiden Anfragen abgewiesen. Ich sei, laut Computer, bei einer unteren Polizeibehörde und somit beim Land Nordrhein-Westfalen angestellt. Um an den BKA-Computer zu gelangen, brauche man eine Dienstausweisnummer des BKA, sowie ein

bestimmtes Passwort, welches nur Leiter von Ermittler-
gruppen hätten. Ich weiß nicht, was ich noch machen
soll? «

Thekla erkannte die Schwierigkeit. Zwar waren
Thekla und das gesamte Ermittlerteam nun im Auftrag
einer Sonderkommission tätig, nicht aber die interne
Mitarbeiterin, die zwar auch zu der Abteilung gehörte,
die aber nicht vom BKA bezahlt wurde.

»Danke Sybille, ich kümmere mich darum. Wir haben alle noch keine BKA-Ausweise, aber an die benö-
tigten Informationen werden wir schon kommen. Ich
rufe nach der Besprechung hier bei der entsprechenden
Stelle an. Wahrscheinlich werden wir«, Thekla schaute
in die Runde, »alle mit unseren eigenen Ausweisnum-
mern und einem zugeordneten PIN ins BKA-Netz kommen. Vermutlich wirst Du dort keinen Zugriff erhalten,
da Du dort nicht direkt geführt wirst«. Thekla schaute
etwas verbittert zu Sybille, deren Gesicht jedoch erhei-
terte.

»Dann habe ich auch weniger Arbeit«, sagte sie erfreut und lächelnd. Thekla und alle anderen im Raum kannten solche Einstellung von Sybille nicht und ahnten, dass dies lediglich wehleidiger Humor war, um die Situation zu überspielen.

*

Noch in der Nacht entschied Thekla, dass Peter Ludwig am nächsten Tag die Recherchen über das "VX" beim BKA durchführen sollte. Es erschien ihr einfacher, jemanden der offiziell zu der Sondereinheit gehörte, damit zu betrauen, als für Sybille die Zuständigkeitserlaubnis, vielleicht sogar über mehrere Instanzen, zu organisieren. Nachdem sie es Peter telefonisch mitgeteilt hatte, ging sie duschen und ins Bett, in dem Robert schon tief atmend schlief.

Am nächsten Morgen wollte Thekla schon recht früh aufbrechen, um die entsprechenden Winzer noch am Vormittag anzutreffen. Das Frühstück war beendet und schon drängelte Thekla: »Nun mach bitte etwas schneller. Du trödelst sowieso heute rum, war Dir das Bier gestern Abend nicht bekommen? «

»Doch schon«, kam die Antwort etwas zeitverzögert, »aber wenn Dein Vater einmal anfängt, Geschichten von früher zu erzählen, so ist das schon manchmal sehr anstrengend zuzuhören. Entsprechend habe ich jetzt nicht nur einen dicken Kopf vom Bier, sondern auch Kopfschmerzen von der Erzählerei«.

Thekla schmunzelte, kannte sie ihren Vater nur zu gut.

»Na ja, sie sind so selten hier, - da kann man das doch gerne mal hinnehmen«, meinte sie.

Vor der Haustüre sagte Robert: »Gib mir bitte die Autoschlüssel«.

Thekla winkte ab. »Lass mich mal versuchen. Schau, ich kann den Arm wieder gut bewegen«.

Sie starteten von Siegburg-Stallberg in Richtung Kaldauen, um dann die Wahnbachtalstraße in Richtung Siegburg und dann nach links in Richtung Hennef zu fahren. Kurz vor der Autobahnauffahrt fuhr Thekla rechts ran.

»Fahr Du doch bitte weiter. Es erscheint mir zu riskant auf der Autobahn, ein eventuelles Notmanöver nicht richtig kontrolliert abfangen zu können«.

»Schmerzen? « fragte Robert.

Thekla nickte und tauschte mit Robert die Sitzplätze.

Nach etwa fünfunddreißig Minuten kamen sie in Altenahr an. Hier, wo der Rotweinwanderweg inmitten der Weinberge begann, wollten sie ihre Recherche beginnen. Sie fuhren von Winzer zu Winzer, die Ahr hinunter in Richtung Bad Neuenahr. Links und rechts des Ahrtals waren über bestimmt zwanzig Kilometer hinweg, die Weinstöcke fein säuberlich in Reih und Glied, angepflanzt.

»Das sieht aus, wie mit einem Lineal gezogen«, meinte Robert zu einem Winzer in Dernau, dem sehr viele der Weinberge gehörten.

Der lachte herzhaft. Es war ein Mann, so um die fünfzig Jahre, groß stark und braungebrannt. Seine ledrig wirkende Haut an den Armen und dem Gesicht, ließ erkennen, dass der Mann Jahr ein, Jahr aus, draußen in den Weinfeldern war. Er meinte: » Solche Weinfelder werden auch nicht allzu oft angelegt. Solch ein Rebstock hat in der Regel zwanzig Jahre einen sehr guten Ertrag. Es gibt allerdings auch Weinfelder, deren Rebstöcke sind bis zu einhundert Jahre alt. Diese geben zwar weniger Ertrag, aber die Konzentration des Ertrages ist dann erheblich besser. Möchten sie einmal eine Verkostung der unterschiedlichen Qualitäten durchführen? « Der Mann machte eine einladende Handbewegung in Richtung eines großen Holztores, die ins Innere der Hofanlage führte.

»Danke nein«, meinte Thekla, die sich noch gar nicht vorgestellt hatte, da der Mann an ihren Wagen trat, als die Beiden gerade ausgestiegen waren und die Weinberge von der Talsohle bestaunten. »Wir sind von der Kriminalpolizei und ermitteln in einem Tötungsdelikt. Sind die Weinberge hier alle Ihnen? «

Wieder lachte der Mann. »Die Kripo interessiert sich für meine Weinberge? Liegt eine Leiche dort versteckt? Nein, jetzt im Ernst. Die Weinfelder, die Sie von hier sehen können, links und rechts der Ahr, gehören mir. Aber das ist nur etwa zehn Prozent der gesamten Weinberge hier an der Ahr. Es gibt noch ein paar Betriebe, die so groß sind wie meiner. Der Rest gehört eher kleineren Winzern, die es als Nebenbetrieb betreiben«.

Robert fragte, »Ist Ihnen der Name Rainer Hartung ein Begriff? «

»Der Staatsanwalt? Ach nein, der will ja immer Oberstaatsanwalt genannt werden«, kam eine etwas spöttisch klingende Antwort.

»Genau der«, erwiderte Thekla.

»Stimmt das, dass er tot ist? « wollte der Winzer wissen.

»Ach, woher wissen Sie das denn? « fragte Thekla.

»Wissen Sie, Frau Kommissarin, hier an der Ahr bleibt nichts lange geheim. So etwas verbreitet sich wie ein Lauffeuer. Ich glaube sogar, dass es schon bei Facebook gepostet war und mein Telefon hat in dieser Sache bestimmt sechsmal geklingelt. Alle wollten mir von dem Ereignis erzählen«.

»Es heißt«, meinte Robert, »ihm hätten hier einige Weinberge gehört? «

»Das ist richtig, hier hinter Dernau bis nach Bad Neuenahr, aber er hat die nicht mehr selbst bewirtschaftet. Er hatte verpachtet, allerdings immer nur mit Zweijahresverträgen. Er wolle in seiner Entscheidungsfreiheit nicht eingeschränkt werden, hatte er mal gesagt. Deshalb waren hier auch nicht alle gut auf ihn zu sprechen«.

»Hatte er Feinde? «, wollte Thekla wissen.

Der kräftige Mann hob seine Schultern und hob beide Arme seitlich nach oben.

»Ich weiß von nichts«, meinte er.

»Ach kommen Sie«, fragte Thekla nach, »Sie scheinen hier auch eine einflussreiche Persönlichkeit zu sein. Wen hatte denn Herr Hartung als Feind? «.

Wiederum zuckte der Mann die Achseln. »Ich kann dazu nichts sagen«, meinte er.

Robert und Thekla zogen sich zurück, um nun nach Adenau zu fahren, wo Hartungs Ehemalige Bekannte wohnte, mit der er ein Kind hatte, das bei ihm aufwuchs. Zu der Witwe nach Bad Neuenahr wollten sie später.

»Stopp«, rief Robert, als Thekla bereits den Wagen gestartet hatte, »ich will doch noch zwei Flaschen Wein mitnehmen, um den Unterschied zwischen den Sorten zu schmecken«.

»Komm lass, Du schmeckst doch höchstens den Unterschied zwischen Pils und Kölsch«, meinte Thekla genervt. Außerdem, wenn uns jemand nichts sagen will, der bestimmt Vieles zu berichten weiß, bei dem kaufen wir auch keinen Wein«.

Sie fuhren ahraufwärts über Ahrbrück und Dümpelfeld bis nach Adenau. Da es mittlerweile Mittagszeit war, hielten sie im Zentrum des kleinen Ortes auf einem Parkplatz an.

»Jetzt essen wir erst einmal zu Mittag. Du hast doch bestimmt Hunger? «, meinte Thekla, vom Fahrersitz aus. Danach kannst Du weiterfahren. Mir tut der Ellenbogen von der kurvigen Ahrtalstrecke wieder weh.

»Hier schau mal«, meinte Robert, »Ein kleines uriges Restaurant. Hier gibt es bestimmt heimische Gerichte«.

Sie betraten den spärlich beleuchteten Speiseraum und nahmen an einem der rustikalen Tische Platz. Auf den Tischen lagen die Speisekarten und Robert stellte mit Erstaunen fest: »Hier gibt es Wildgerichte in allen Variationen«.

»Robert, Du hast doch auf den letzten zwanzig Kilometern nichts anderes als Wald gesehen und hier, hinter Adenau beginnt erst richtig die Eifel. Ist doch klar, dass es hier Wild zu essen gibt«.

Nachdem das Essen verspeist war und der Wirt die Rechnung brachte, fragte Thekla: »Entschuldigung, kennen Sie vielleicht einen Herrn Rainer Hartung? Der muss hier in der Gegend mal gelebt haben? «

Der Wirt schaute grimmig, als er fragte: »Wer will das wissen? «

Thekla zückte ihren Dienstausweis. »Thekla Sommer, Kriminalpolizei«.

»Ach so, ja der feine Herr Staatsanwalt, mittlerweile wohl Oberstaatsanwalt, hat hier mal gelebt und war mit seiner damaligen Freundin hier oft zu Gast bis sie ein Kind bekommen hat. Die Freundin hatte in einer kleinen Bar, einige Orte weiter, gearbeitet, ich glaube als Animierdame. Dann wollte er von ihr nichts mehr wissen und ist abgehauen, ich glaube nach Bad Neuenahr. Er hat dann später das Kind zu sich genommen, hieß es. Seine ehemalige Freundin hat sich vor vier Jahren das Leben genommen. Es heißt, sie hätte psychische Probleme gehabt«.

»Wo haben die denn gewohnt? Gibt es da irgendwelche Verwandten, die uns Auskunft geben können? «

Der Wirt schüttelte den Kopf. »Verwandte gibt es da keine. Das Haus ist nach dem Tod verkauft worden. Hat aber nicht viel gebracht. Die Schulden und die Beerdigung haben wohl alles verschlungen«.

»Sie sind aber gut informiert, wo Sie doch die Beiden nicht so gut gekannt haben? « fragte Robert listig.

»Na ja, was man halt so hört, hier am Tresen. So was ist halt auch Thema hier, wenn es einen Adenauer betrifft«.

Die Ermittler standen auf und wollten gerade gehen, als der Wirt sagte: »Warten Sie mal, da oben auf der hohen Acht nahe dem Nürburgring, soll es im Wald ein kleines Holzhaus geben, dass innen wohl luxuriös eingerichtet sein soll. Ein Gast von mir hat mir erzählt, er hätte dort mal Teppichboden verlegt. Das Haus gehört dem Hartung. Aber, - das kann er Ihnen bestimmt selber erzählen? «

Robert schüttelte den Kopf, als er sagte: »Das kann er nicht mehr. Er ist ermordet worden«.

Thekla meinte vor der Tür zu Robert, wieso er das denn gesagt hätte, da es den Wirt doch gar nichts anging.

»Meine Liebe«, erklärte Robert nun so, als ob er die Eifeler genau kennen würde. »Was meinst Du, wie schnell jetzt diese Neuigkeit die Runde macht. Wenn wir jetzt diese Holzhütte schnell finden, finden wir vielleicht auch jemanden, der sie sich zu eigen machen will«.

»Clever«, dachte Thekla, als die Beiden von Adenau aus, die Serpentinen in Richtung "Hohe Acht" fuhren. Dort oben auf dem Berggipfel angekommen, kreuzte die B258, an der es nach links zur Autobahn A61 und nach rechts zum Nürburgring abging.

»Und nun? « fragte Robert ratlos.

»Dort drüben ist ein Jäger am Ende der Wiese. Hup mal kräftig, damit er aufmerksam wird«.

Thekla stieg aus und Robert hupte so lange, bis der Mann herüberschaute. Auf Theklas Winken hin, kam er näher. Nach einigen Minuten war er am Auto angelangt.

»Sagen Sie mal, Sie können doch hier nicht einfach so wild rum hupen. Sie machen das ganze Wild narrisch«.

Thekla zeigte ihren Dienstausweis.

»Wir wussten uns keinen anderen Rat. Wir suchen nach einem kleinen Holzhaus oder Holzhütte, die hier irgendwo sein muss«

»Wollen Sie zwei sich jetzt vergnügen?« meinte der Jäger amüsiert.

»Nein, das kommt später«, meinte Robert, der aus dem Auto heraus augenzwinkernd zu dem Mann schaute. »Wir ermitteln in einer bestimmten Sache. Die Holzhütte gehört dem Staatsanwalt Hartung. Kennen Sie den? «

»Ach dem Hartung seine Hütte? Ja die kenn' ich. Ist ein edles Teil. Ich habe mal reingeschaut, als ich denen im Winter Brennholz geliefert habe. Vom Feinsten ausgestattet. Die Hütte ist hier die Straße zurück, etwa fünfhundert Meter, bevor es wieder bergab geht, auf der linken Seite. Da ist ein kleiner unbefestigter Parkplatz, von dem ein Feldweg in den Wald führt. Auf diesem Feldweg etwa zweihundertfünfzig Meter. Das finden Sie bestimmt«.

Thekla stieg in den Twingo ein und Robert wendete den Wagen.

»Was ist denn mit der Hütte?« wollte der Jäger noch wissen. Doch da war der Wagen schon auf der Straße davongefahren.

Nach kurzer Fahrt kamen sie an den genannten Parkplatz und stellten den Wagen dort ab, da nicht zu erkennen war, ob der ausgefahrene Feldweg auch wirklich mit dem Twingo bis zum Ende zu befahren war. Einige Minuten später kamen sie an eine mittelgroße Holzhütte, die bestimmt schon mehr als dreißig Jahre hier stand. So wirkte sie jedenfalls.

»Scheint ziemlich verlassen zu sein«, meinte Robert, »die Fensterläden sind von Spinnweben umgeben und hier am Hauseingang wächst schon Moos«. Er zeigte mit den Fingern an den Bereich zwischen dem Waldboden und der Hüttentüre. Er rüttelte an dem Knauf der Tür. »Verschlossen«, meinte er.

»Meinst Du, man lässt eine Hütte hier mitten im Wald unverschlossen?« fragte Thekla ungläubig.

»Vielleicht für Leute die sich verlaufen haben oder für Pärchen die mal ungestört sein wollen? « versuchte Robert einen Scherz zu machen.

»Ich geh mal hintenrum, vielleicht ist dort was zu sehen« meinte Thekla, als sie schon halb um die Hütte verschwunden war. Als sie zurückkam, stand die Türe auf und Robert war schon im Inneren.

»Hab wohl ein wenig zu kräftig gerüttelt«, meinte er, »auf einmal war die Türe auf, mitsamt dem Schloss. Ist wohl sehr morsches Holz gewesen«.

Thekla ahnte, dass Robert brachiale Gewalt angewandt hatte, um sich Zutritt zu verschaffen, sagte allerdings nichts. Im Inneren der Hütte roch es sehr modrig. Die frische Luft von außen durchflutete den Raum. Als Thekla versuchte Licht einzuschalten, funktionierte die Lampe nicht. Robert jedoch fand schnell den Sicherungskasten und schaltete die Hauptsicherung ein.

»Ich habe mal gelesen, wenn Cowboys ihre Ranch verlassen, um in der Steppe Rinder einzufangen, lassen sie den Strom zu Hause niemals an«, schmunzelte er.

Die Lampe war so schmutzig, dass sie nur diffuses Licht in den Raum brachte. Als Robert den Kühlschrank öffnete, machte er ihn jedoch schneller wieder zu, wie auf.

»Da ist Zentimeter dicker grüner und schwarzer Schimmel drin und es stinkt wie in einer Kloake«.

»Das weiß doch jedes Kind«, meinte Thekla, »wenn man einen Kühlschrank längere Zeit ohne Strom lässt, sollte man ihn ausräumen und offenstehen lassen«.

Robert öffnete die Türe zu einem zweiten Raum. »Oh, - schau mal hier«.

In dem Raum befand sich neben einem Kleiderschrank, ein überdimensioniertes französisches Bett, so wie vor dreißig Jahren einmal modern war. Der Boden war mit dickem Teppich ausgelegt und auf einem kleinen Vertiko stand ein altes Röhrenfernsehgerät neben einem alten Videogerät.

»Wahrscheinlich noch ein VHS-Gerät der ersten Generation«, meinte Robert. Er schaltete den alten Fernseher und das Abspielgerät ein, wonach er sich auf das verstaubte Bett setzte. Was er zuerst sah, konnte er nicht glauben. Es war genau das Bett zu sehen, auf dem er nun saß, ziemlich bildschirmfüllend. Es war ein großes Badetuch, eher ein Saunatuch darauf. Nun kam ein nackter junger Mann, vielleicht Ende Zwanzig und legte sich aufs Bett. Er winkte anscheinend jemanden zu sich und es erschien eine, etwa gleichaltrige Frau, die ein Mädchen an der Hand hielt. Beide waren ebenfalls nackt. Das Mädchen schien sehr schüchtern, denn es bewegte sich zögerlich auf den Mann zu. Sie war vielleicht fünfzehn oder sechzehn Jahre alt, so schätzte Robert, denn ihre weiblichen Rundungen waren erst schemenhaft zu erkennen.

»Jetzt ist aber Schluss mit dem Schweinskram«, sagte Thekla laut, als sie das Fernsehgerät ausschaltete. Es geht uns wirklich nichts an, was hier privat gespielt wurde«.

»Aber, die schien minderjährig zu sein«, protestierte Robert, »das geht die Polizei sehr wohl was an«.

»Wir beschlagnahmen die Kassette und geben sie an die zuständigen Kollegen hier im Ort weiter. Die sollen sich der Sache annehmen und weiterermitteln. Wir haben hiermit«, Thekla zeigte auf den Videorecorder, »nichts zu tun. Schon gar nicht, da es schon viele Jahre zurückzuliegen scheint und nichts mit dem BKA-Fall zu tun hat. Wir werden jetzt das Haus polizeilich versiegeln und die Sache übergeben«.

*

Lisa hatte unterdessen herausgefunden, dass zu dem Konsortium der geplanten Wasserstoffversuchsanlage, die in den unterirdischen Stollen und Bunkern geplant war, sowohl Deutschland, die Schweiz, Großbritannien, Belgien und die Niederlande, dazugehörten. Die Schweizer Holding, die die Pläne für die Bunkerzusammenschlüsse ausgearbeitet hatte und deren Überbringer der Pläne, Louis Krüger, ermordet wurde, gehörte wiederrum zum Kreis der Schweizer Anteilsinvestoren. Man war wohl, so hatte Lisa herausbekommen, an den bis tief in die Berge der Voreifel reichenden Bunkeranlagen deswegen interessiert, um die strengen gesetzlichen Bestimmungen für solche Versuche, zu erreichen. Schließlich wären bei einem Katastrophenfall immer noch Berge von teilweise über einhundert Metern als Dämpfung zur Außenwelt gegeben. Lisa hatte bei ihren Ermittlungen auch herausgefunden, dass es wohl einen zeitlichen Wettstreit mit Ländern des Nahen Ostens gab, die ebenfalls an Versuchsanlagen mit Wasserstoff arbeiteten. Es sollte wohl in beiden Fällen an einer neuen Form der Energiegewinnung und -nutzung gearbeitet werden, um künftige Raketenantriebe zu erforschen, damit der weiteren Erforschung des Weltraums und die günstige Besiedelung anderer Planeten, möglich sei.

»Also möglicherweise, ein Wettlauf mit der Zeit? « fragte Thekla, die mit Robert und den anderen des Teams im Polizeipräsidium Siegburg in ihrem Besprechungsraum saß.

»Aber wie passen die Toten da rein? « fragte Robert.

»Na schau mal, der eine bringt die Pläne, der andere ist Eigentümer der Berge, unter denen die Anlage gebaut werden soll. Dieses Treffen musste verhindert werden«, meinte Peter, der sich jetzt zu Wort meldete, um seine Ermittlungen mitzuteilen.

Thekla hob ihre rechte Hand und streckte den Zeigefinger nach oben, als wolle sie sich wie in der Schule melden. »Moment noch. Lisa, was haben die Auswertungen des Smartphones von Louis Krüger ergeben? Gibt es da Hinweise auf einen Täter? »

Lisa schaute mit großen Augen und offenstehendem Mund zu Thekla. »Smartphone? « fragte sie, »ich weiß von keinem Smartphone«.

Thekla rief Sybille an, die in ihrem Büro geblieben war, um nachzufragen, was denn mit dem Smartphone des Toten sei. Nach einer Weile meinte Thekla, »Wie, - da steht kein Smartphone auf der Liste, der in Troisdorf sichergestellten Gegenstände?«

Thekla stand auf und ging zu dem großen White-board an der Wand. Sie schaute sich die ausgedruckten Bilder des Tatorts an, die die Spurensicherung noch in ihrem Beisein gemacht hatte. »Hier, ich wusste es doch, auf dem Tisch, an dem Herr Krüger saß, ist eindeutig die E-Zigarette, das Liquid und ein Smartphone zu se-hen«.

»Auf dem Bild ist aber auch das Feigenliquid zu se-hen, was hinterher nicht mehr dort war, da es Jan de

Falk mitgenommen hatte. Vielleicht hat er auch das Smartphone?« meinte Lisa.

»Der hatte nur sein eigenes dabei, als man ihn gefunden hatte«, meinte Peter Ludwig.

»Dann hat bestimmt einer der anderen Jungs die Gelegenheit genutzt und es eingesteckt«, gab Robert jetzt zum Besten. »Das sind Pannen, die dürfen einfach nicht passieren«.

Thekla nickte und meinte: »Darf nicht, - passiert aber. So Peter, Deine Recherchen bitte.

»Nun«, begann er, »nach meinen Recherchen, unter anderem in BKA-Datenbanken, haben offiziell nur Russland und die USA zugegeben, dieses tödliche Gift zu besitzen. Es wird vermutet, dass aber kleinere Krisenherde im Nahen Osten, die immer wieder mit der Herstellung von Chemiewaffen in Verbindung gebracht werden, ebenfalls im Besitz dieses Giftes sind. Wie gefährlich dieses Zeug ist, zeigt dass fast drei Jahre lang, nur der Transport aus einem Depot im pfälzischen Clausen, in die USA, geplant wurde. In Clausen hatten die US-Streitkräfte ein Arsenal mit "VX" vorrätig. In enger deutsch-amerikanischer Zusammenarbeit wurde 1990 der Transport jedoch unter strengster Beobachtung durchgeführt. Es wurden keine Lücken auf dem Transportweg erkannt und die gesamte Ladung kam aufs Gramm genau am Endlager an«.

»Irgendwelche Erkenntnisse, ob jemand den Verlust eines kleinen Bestandes gemeldet hat? « fragte Thekla, wohlwissend nun eine Verneinung zu hören.

Peter schüttelte den Kopf. »Dann würden diese Quellen ja zugeben im Besitz des Giftes gewesen zu sein«, meinte Peter.

Die Türe zum Besprechungsraum wurde, kurz nachdem geklopft wurde, geöffnet und Sybille streckte den Kopf in den Raum. »Thekla, ich habe wirklich nichts

von einem Smartphone des Louis Krüger gewusst«
meinte sie ganz schuldbewusst.

»Hat sich wahrscheinlich bereits erledigt, danke
Sybille. Wir haben auch nie gedacht, dass Du einen
Fehler gemacht hättest«. An Peter gewandt fragte
Thekla nun: »Hast Du auch in Sachen der Klavierlehre-
rin recherchiert? «

»Ja, allerdings wollten die Kollegen vom BKA sich
zuerst noch beim BND rückversichern«.

»Das klingt ja interessant, worum geht es da? «
fragte Thekla und setzte sich sehr interessiert, aufrecht
in ihren Bürostuhl«.

»Nun«, begann Peter bereits zum zweiten Mal seine
Ausführungen, »die Kollegen vom BKA riefen mich
zweieinhalb Stunden nach meiner Anfrage zurück. Sie
teilten mir mit, dass Olga Chaminski in der UDSSR geboren und dort auch als Ausnahmepianistin erkannt und
dementsprechend gefördert wurde. Sie genoss mehrere

Privilegien, wie zum Beispiel im Rahmen ihrer Kon-
zerte, Auslandsreisen auch in Länder, zu denen keine
politischen Beziehungen bestanden. Sie sollte dort wohl
Verschiedenes auskundschaften. Die Chaminski war
aber so clever, sich von Geheimdiensten mehrerer Länder anheuern zu lassen. Sie spielte dann ihre Informan-
ten gegenseitig aus und machte damit einen Haufen
Geld. Als dann aber die Regierung ihres Heimatlandes
dahinterkam, war es aus mit dem Geld verdienen. Zunächst kam sie mehrere Jahre in Haft, wurde dann aber,
nachdem andere Staaten, unter anderem auch Deutschland, ihr Veto gegen die Inhaftierung einlegten, in Frei-
heit entlassen aber abgeschoben. Wohin, könnt Ihr jetzt
raten«.

»Nach Deutschland«, meinte Robert nickend und
kniff die Lippen zusammen, nachdem er hinzufügte,
»wir schaffen das! «

»Kommt«, meinte Thekla, »es war ein schwerer Tag. Lasst uns nach Hause gehen und jeder für sich überlegen, wie wir am besten weiter vorgehen. Wir treffen uns morgen um neun Uhr wieder hier«.

Alle nickten zustimmend und verließen, sichtlich müde vom arbeitsreichen Tag, das Besprechungszimmer.

*

Rhein-Sieg-Kreis Krimi

Morde mit "VX"

Teil 3/3 - Heisterbach

Der elfte Fall der Kommissarin Thekla Sommer

© **Kersten Wächtler**

David Sommer überlegte kurz, ob er Jana, die auf dem Bauch liegend schlief, mit einem laut eingeschalteten Radiosender wecken sollte, als er am frühen Morgen das Zweipersonenzelt wieder betrat, das er mit Jana am Rand der Agger aufgebaut hatte. Er wollte für zwei Nächte dem Alltag der Familien entkommen, dann aber erinnerte er sich daran, dass er, als er gerade in die Schule gekommen war, seine Mutter, die damals ebenfalls schlafend in ihrem Bett mit Davids Vater gelegen hatte, auf ähnliche Weise weckte. Er besaß damals eine

Trommel, wie die von dem Jungen in dem Film "Die Blechtrommel". Er hatte sie geschenkt bekommen und damit neben das Bett seiner schlafenden Mutter gestellt. Dann schlug er laut auf die Blechtrommel und schrie los, wie der Junge in dem Film. Seine Mutter war damals vor Schreck aus dem Bett gefallen, als sie sich schwunghaft umgedreht hatte und es gab eine saftige Strafe. Nein, - strafen würde Jana ihn sicherlich nicht, jedoch möglicherweise einen ganzen Tag mit schlechter Laune herumlaufen. Das wollte er nicht riskieren, stattdessen legte er sich mit seinem gut ausgebildeten männlichen Körper wieder neben Jana, nachdem er kurz draußen war, um seine Blase zu erleichtern. Auch Jana war nackt, da sie es liebte, engumschlungen mit Hautkontakt neben David einzuschlafen. David zog vorsichtig die Decke von Janas Körper. Da lag sie nun, die Schönheit der Natur. Er konnte zwar nur ihren Rücken sehen aber durch ihr leicht angezogenes linkes Bein wurde ihm der Blick auf Teile ihrer Weiblichkeit nicht entzogen. Er streichelte sie sanft. Die Fingerspitzen seiner rechten Hand glitten über ihre Schultern von der rechten Seite über ihre beiden Schulterblätter bis zur linken Seite ihres Körpers und wieder zurück. Diese leichte Berührung setzte er über die Innenseite ihres linken Armes fort, bis zur Hand und wieder nach oben. Mit einem leichten Seufzer drehte Jana immer noch mit geschlossenen Augen ihren Kopf auf die andere Seite, so dass David ihr nun ins Gesicht schauen konnte. Sie schien im Schlaf diese Liebkosungen zu genießen. David wurde mutiger und streichelte sie nun entlang der Wirbelsäule mit kreisenden Bewegungen, den linken und rechten Rückenstrecker nicht zu vergessen, vom Kopfansatz bis zu dem, wie er fand, entzückenden Po hinunter. Gerade als er den Po ausgiebig streicheln wollte, schloss Jana ihre Beine zusammen und drehte sich langsam um.

»Guten Morgen mein Traumprinz«, hauchte sie in Richtung ihres Liebsten.

»Guten Morgen meine Göttin«, gab er zurück und wollte beginnen, ihre Brustwarzen mit der Zunge zu liebkosen.

*

»Ist die Provideranfrage an den Mobilfunkanbieter vom Oberstaatsanwalt Hartung schon durch? « fragte Thekla in Richtung Sybille, die gerade Tassen und eine frisch gebrühte Kanne Kaffee auf den ovalen Tisch des Besprechungsraumes stellte. Die anderen waren bereits vollständig anwesend und hatten sich hingesetzt.

»Nein«, antwortete Sybille Salz, »wir warten immer noch auf die richterliche Anordnung, ich kann aber gleich mal nachhören«.

»Gerne, - mache das bitte«, sagte Thekla, bevor Sybille den Raum wieder verließ.

»Guten Morgen zusammen. Habt Ihr Euch Gedanken zum weiteren Vorgehen in den beiden, vermutlich

zusammenhängenden Fällen, gemacht? « begann
Thekla die Besprechung. »Ihr habt gestern einen Winzer ausfindig gemacht, dem einige Weinberge gehören,
in denen möglicherweise solche Bunker sind. Weitere
Bunker befinden sich, soweit Ihr ermittelt habt, unter
den Weinbergen des getöteten Rainer Hartung. Bei den
vielen Bunkern, die es in der gesamten Eifel gibt, frage
ich mich, ob es nicht noch weitere Besitzer von Weinbergen, Wildgehegen oder sonstigen Waldbeständen
gibt, die ebenfalls ein Interesse am Verkauf der Berge
haben, um sich somit Dutzende von Millionen Euro
einzustecken? «

»Wow!«, stieß Robert laut und anerkennend hervor,
»wie bist Du denn darauf gekommen? Das könnte uns
einen verdammt großen Sprung nach vorne und einen
neuen Ermittlungsansatz verschaffen«. Auch Thekla
nickte anerkennend und wohlwollend.

»Moment«, meinte Lisa, »ich habe also im Internet noch weiter ermittelt und bin auf einen Namen gestoßen, der mich neugierig machte. Der Mann heißt "Baron Aloisio von Abels", irgend so ein mittelalterlicher Adel. Auch er besitzt große Teile an Bergen, in denen der siebzehn Kilometer lange Regierungsbunker im Ahrtal gebaut wurde.«

»Wo wohnt dieser Mann?« wollte Thekla wissen. »Vielleicht sind ihm auch Angebote unterbreitet worden, die im Zusammenhang mit der Versuchsanlage stehen?«

Lisa recherchierte die Anschrift auf ihrem Tablet. »Hier habe ich es. "Lohrsdorf", ein Ortsteil von Bad Neuenahr, an der B266 zwischen Bad Neuenahr und Bad Bodendorf. Hier, die Karte von dem Gebiet zeigt an, dass sich rings um Lohrsdorf Weinberge befinden«.

»Na klar, passt ja, wo soll man anders wohnen, als auf seinem eigenen Land«, spottete Robert etwas, der mit Thekla in einem gemieteten Haus in Siegburg-Stall-berg wohnte. »Noch«, dachte er im stillen, »denn mit der Besoldungserhöhung durch die Höherstufung der Laufbahngruppen, könnten Thekla und er sich bald ein kleines Häuschen im Grünen leisten«.

»Lass uns direkt einmal versuchen, diesen Mann te-lefonisch zu erreichen. Er ist vielleicht in großer Ge-fahr«, meinte Thekla.

Lisa wählte die Nummer des Bürotelefons und schaltete den Lautsprecher ein.

»Ja, von Abels«, meldete sich eine jugendlich wir-kende Stimme.

»Guten Morgen«, antwortete Thekla, »hier ist die Kriminalpolizei Siegburg, Sommer mein Name. Kön-nen wir bitte Herrn Aloisio von Abels sprechen? «

»Kriminalpolizei Siegburg? « fragte die Angesprochene, »hier ist doch Rheinland-Pfalz. Ist hier nicht
Bad Neuenahr zuständig? «

»Das ist eigentlich richtig, aber hier ist eine höhergeordnete Abteilung. Können wir Herrn von Abels sprechen? «

»Mein Vater ist nicht da. Er ist vor etwa einer halben
Stunde weggefahren. Eigentlich verwunderlich, denn er
fährt sonst nie irgendwohin und schon gar nicht so früh,
aber heute hatte er sich sogar fein angezogen. Worum
geht es denn? «

»Ist denn vielleicht Ihre Mutter da? « fragte Thekla.

»Die ist im Badezimmer und macht sich gerade zurecht. Leider dauert es bei ihr immer etwas länger, Sie
müssen wissen, meine Mutter sitzt im Rollstuhl«.

…

Bisher erschienen in dieser Reihe:

Mord in Siegburg

Der _erste_ Fall der Kommissarin Thekla Sommer

Mord in Bornheim

Der _zweite_ Fall der Kommissarin Thekla Sommer

Mord in Rheinbach

Der _dritte_ Fall der Kommissarin Thekla Somme

Mord in Sankt Augustin

Der _vierte_ Fall der Kommissarin Thekla Sommer

Mord im Bonner "Regierungsviertel"

Der *fünfte* Fall der Kommissarin Thekla Sommer

Mord in Siegburg-Zentrum

Der *sechste* Fall der Kommissarin Thekla Sommer

Mord in Wesseling

Der *siebte* Fall der Kommissarin Thekla Sommer

Mord in Hennef

Der *achte* Fall der Kommissarin Thekla Sommer

Mord in Eitorf

Der *neunte* Fall der Kommissarin Thekla Sommer

Mord im Siebengebirge

Der *zehnte* Fall der Kommissarin Thekla Sommer

Morde mit "VX"

> Teil 1/3 Troisdorf <

> Teil 2/3 Remagen <

> Teil 3/3 Heisterbach <

Der *elfte* Fall der Kommissarin Thekla Sommer

Über den Autor:

Geboren 1958, in der Zeit des Wirtschaftswunders, verbrachte er seine Kindheit, mit zwei Schwestern und zwei Halbbrüdern, in Siegburg und dem ländlichen Windeck. Geprägt von dem idyllischen Umfeld, fühlte er sich in der Stadt nie so recht wohl und er suchte sein soziales Umfeld meist in ländlichen Regionen, wie Rheinbach, Meckenheim, Bornheim oder Herchen/Sieg.

Bereits im jungen Erwachsenenalter fing er an, seine Gedanken schweifen zu lassen und niederzuschreiben. Am Anfang war es mal ein Kinderbuch oder philosophische Zeilen. Als zertifizierter Psychologischer Berater folgte ein psychologisch/spirituelles Werk. Seit einiger Zeit entspringen Krimis (aus dem Rhein-Sieg-Kreis) seinen Gedanken und dem Werk seiner Phantasie. Hier legt er aber besonderen Wert auf umfangreiche, historische Recherche hinsichtlich der Schauplätze seiner Handlungen.